Helga Leeb, eine der bekanntesten Kolumnistinnen der Zeitschrift »Brigitte«, hat sich durch ihre Reportagen und Interviews eine große Lesergemeinde erworben. Sie ist Münchnerin, ist verheiratet und hat zwei Söhne.

Von Helga Leeb ist außerdem erschienen:

»Damals war immer Sommer« (Band 1688)

Vollständige Taschenbuchausgabe Juni 1991
Droemersche Verlagsanstalt Th. Knaur Nachf., München

Umschlaggestaltung Adolf Bachmann
Umschlagfoto Heuwieser/Silvestris
Druck und Bindung Elsnerdruck, Berlin
Printed in Germany 5 4 3 2 1
ISBN 3-426-02092-0

Helga Leeb:

Ein altes Haus und lauter nette Leute

Roman

Knaur

1

Natürlich hätte ich zu Jonathan einfach »nein« sagen können oder: »Moment mal, wie stellst du dir das vor? So etwas bespricht man doch zuerst einmal gründlich!«
Dann hätten wir uns vermutlich eine Menge Aufregungen erspart und niemals dieses verrückte Haus in Hampstead bezogen.
Aber ich habe eben nicht »nein« gesagt. Ich hatte statt dessen kurz von meinem Artikel über die Probleme berufstätiger Ehefrauen aufgeblickt und meinem seit einiger Zeit heftig telefonierenden Mann auf seine Frage leichthin »ja, warum nicht?« geantwortet.
Ich erinnere mich noch deutlich, daß Jonathan in einer Art Schrecksekunde verharrte, sich dann wieder dem Telefon zuwandte und zu seinem Gesprächspartner sagte: »Ich habe gerade meine Frau gefragt. Sie scheint nichts dagegen zu haben. Ich nehme also den Posten in London an.« Der Rest des Gesprächs handelte von technischen Einzelheiten, Gehaltssummen fielen, von einem Büro in der Fleet Street war die Rede und davon, daß London eine sehr aufregende Stadt sei.
Jonathan legte den Hörer auf, ließ sich in den Schaukelstuhl neben dem Bücherregal fallen, atmete einmal

tief durch und starrte mich an. Ich starrte über meine Schreibmaschine hinweg zurück. »Soll das heißen, daß du, ich meine, daß wir demnächst nach London umziehen?«

»Ich fürchte, ja«, seufzte Jonathan! »Es kommt mir auch ein bißchen plötzlich vor. Jedenfalls habe ich gerade einen Vertrag als Londoner Korrespondent angenommen. Ich fand das übrigens fantastisch, daß du so spontan einverstanden warst«, fügte er hinzu. »Ich dachte, ich müßte dich erst mühsam überreden, weil so ein Ortswechsel doch einige Probleme mit sich bringt.« Er zündete sich eine Zigarre an. Nach dem ersten genüßlichen Zug fragte er bereits wieder in geschäftsmäßigem Ton: »Hast du dir schon überlegt, wie wir das am besten mit der Umschulung von Michi und Christian hinkriegen und ob wir unser Haus hier möbliert oder unmöbliert vermieten sollen und ob du für deine Zeitung auch von London aus arbeiten kannst?«

Jonathan legt zuweilen ein atemberaubendes Tempo vor, wenn es darum geht, einmal gefaßte Entschlüsse zu verwirklichen.

Ich sagte zu Jonathan – und ich gebe zu, daß meine Stimme nicht ohne scharfen Unterton war: »Ich habe mir selbstverständlich nichts dergleichen überlegt. Schließlich weiß ich überhaupt erst seit drei Minuten, daß du planst, unser gemeinsames Leben demnächst in einem anderen Land fortzusetzen. Außerdem ist es ausgesprochen unfair, mir eine so lebenswichtige Frage zu stellen, während ich über einem Artikel über die Probleme der berufstätigen Frau brüte, der spätestens

gestern per Eilboten hätte weggehen müssen. Du kannst nicht erwarten, daß ich da richtig zuhöre.«
»Du hörst nie richtig zu, wenn ich dich etwas frage«, sagte Jonathan ungerührt. »Das ist, finde ich, eines der Hauptprobleme der berufstätigen Ehefrau.«
An dieser Stelle begannen wir heftig zu streiten, bis unser Jüngster seinen Wuschelkopf durch die Tür steckte und sich gähnend erkundigte, ob wir uns nicht leiser anbrüllen könnten, weil bei diesem Krach kein Mensch schlafen könne. Ich zog ihn heftig in meine Arme und sagte: »Komm, Kleiner, ich bringe dich ins Bett zurück. Wer weiß, wo du demnächst schlafen wirst, mein armes Kind. Dein Vater ist nämlich übergeschnappt. Er will, daß wir alle weit fortgehen von hier!«
»Sehr pädagogisch«, brummte Jonathan.
»Wohin gehen wir denn?« fragte Michi, machte sich aus meiner Umarmung frei und war plötzlich hellwach.
»Auf eine ferne Insel«, sagte ich. »Dahinter gibt's nur noch Meer und dann kommt schon Amerika.«
»Prima«, erwiderte Michi. »Können wir bitte schon morgen hinfahren, da haben wir Schönschreiben bei Fräulein Specht, das ist furchtbar langweilig.«
»Nein, morgen noch nicht«, sagte ich.
»Na ja, dann geh' ich lieber wieder ins Bett«, entschied Michi und tappste in seinem zerknautschten Schlafanzug die Treppe hinauf. »Gibt es auch Eingeborene auf der Insel?« rief er uns übers Treppengeländer zu, bevor er in seinem Zimmer verschwand.

»Sicher, Michi, jede Menge Eingeborene«, antwortete Jonathan.
»Die armen Kinder«, sagte ich vorwurfsvoll. »Verlieren ihre Freunde, ihre gewohnte Umwelt, womöglich ihre Muttersprache – bloß weil ihr Vater Lust hat, ein bißchen nach London zu gehen.«
»Nicht ein bißchen, genau zwei Jahre lang«, verbesserte mich Jonathan. »Und gib endlich zu, daß du die Idee auch großartig findest. Denk doch mal: Carnaby Street und Portobello Road!«
»Und die Pubs«, sagte ich. »Und das Londoner Theater.«
»Und die chinesischen Restaurants in Soho und die Hippies am Piccadilly Circus.«
»Und die Boutiquen in Chelsea und die Liegestühle im Hydepark.«
»Siehst du, ich habe ja gewußt, daß du dich auf London freust«, sagte Jonathan.
»Na und?« sagte ich. »Sonst hätte ich ja wohl auch nicht so spontan ja gesagt, nicht wahr?«
Vier Wochen später brachten wir Jonathan zum Flughafen. »Also, mach's gut und such uns eine schöne Wohnung«, sagte ich, während ich ganz unnötigerweise nasse Augen bekam; denn schließlich war London ja nur eineinhalb Flugstunden von München entfernt, und außerdem würde Jonathan während der nächsten drei Monate alle vierzehn Tage übers Wochenende heimkommen. Nasse Augen waren also völlig fehl am Platz, vor allem, wenn man bedachte, wie oft Jonathan und ich uns am Flugplatz verabschiedeten,

weil entweder er oder ich wegen irgendeines Auftrages wegflogen. Manchmal nach Mexiko oder an den Nordpol (meistens er), manchmal nach Köln oder Hamburg (meistens ich).

»Bye-bye«, sagte Jonathan in fließendem Englisch.

»Servus, Michi, servus, Christian. Behandelt eure Mutter gut und paßt auf, daß sie unser Haus nicht aus lauter Menschenfreundlichkeit an einen armen Künstler vermietet, der keine müde Mark Miete zahlen kann.«

»Okay, Daddy«, erwiderte Christian und bewies damit, daß die wöchentlich einstündige Anwesenheit einer Englischlehrerin namens Kathie Dull in unserem Hause nicht ohne Wirkung geblieben war.

»Papa, kennt die Mama einen armen Künstler?« erkundigte sich Michi interessiert. »Warum ist er so arm? Hat er nichts zu essen? Können wir ihm kein Geld geben?«

»O Gott, war das nötig«, zischte ich Jonathan zu. »Dieses Gespräch über den armen Künstler wird Stunden dauern. Michi wird keine Ruhe geben, bis ich einen erfunden habe.«

»Ich meinte ja bloß! Mir wird immer ein bißchen komisch zumute, wenn du geschäftliche Dinge in die Hand nimmst.«

»Uralte männliche Vorurteile«, gab ich wütend zurück. »Wozu schreibe ich eigentlich andauernd über die Emanzipation der Frau?«

»Ist ja gut«, beschwichtigte mich Jonathan. »Du wirst unser Haus in München vermieten, und ich werde eine Wohnung in London suchen.«

»Eine große, sonnige Wohnung«, ergänzte ich. »Möglichst mit Garten und nicht zu weit vom Zentrum weg.«
»Ich weiß«, sagte Jonathan. »Und möglichst ruhig gelegen, am besten auf einer Themse-Insel, und die U-Bahn-Station gleich um die Ecke. Ich bin sicher, London ist voll von solchen Wohnungen . . .«
Von nun an trafen alle paar Tage dicke Briefe von Jonathan ein, die Grundrisse von Wohnungen enthielten. London schien tatsächlich voll von leeren Wohnungen zu sein. Nur für uns war keine dabei. Endlich, nach vier Wochen, brüllte Jonathan ins Telefon: »Ich hab's.«
»Was?«
»Ein Haus. Das heißt, eine Wohnung in einem Haus, die genau zu uns paßt. Du mußt am Wochenende herfliegen und sie dir ansehen. Die Maschine geht um 10.30 Uhr. Das Ticket läßt du am besten am Schalter zurücklegen, dann kannst du es nicht zu Hause vergessen.«
»Wunderbar«, sagte ich. »Ich dachte zwar, du kämst morgen nach Hause, und habe ein paar nette Leute eingeladen. Außerdem weiß ich nicht, wer auf die Knaben aufpassen soll, und beim Friseur war ich auch nicht und mein neues Kostüm ist in der Reinigung . . .«
»Ich weiß«, antwortete Jonathan sanft. »Und du mußt noch einen Artikel fertigschreiben.«
»Richtig«, meinte ich. »Aber das macht nichts. Ich glaube, ich kann mit dem Absatz, den ich gerade ge-

schrieben habe, aufhören. Machst du das auch manchmal, wenn dir kein Schluß einfällt? Das wirkt oft sehr gut.«

»Selten«, sagte Jonathan. »Bei mir wirkt das selten gut. Aber müssen wir uns für zwei Mark pro Minute über berufliche Probleme unterhalten, wenn ich dir gerade erzählt habe, daß ich das Haus gefunden habe, in dem wir die nächsten zwei Jahre unseres Lebens verbringen werden? Ein Haus, in das du dich auf den ersten Blick verlieben wirst!«

»Weißt du das so genau?«

»Ziemlich genau.«

»Wie viele Leute wohnen außer uns in dem Haus?«

»Eine ganze Menge, glaube ich. Insgesamt sind es vier Wohnungen. Das Ganze war früher einmal eine feudale Villa, die man später in vier Mietwohnungen aufgeteilt hat.«

»Aha! Gibt es in dem Haus Kinder für Michi und Christian?«

»O ja, viele Kinder!«

»Wie alt?«

»Von ganz klein bis ganz groß. Aber einige wohnen nur manchmal da, und manche gehören zu anderen Eltern beziehungsweise sind gar nicht die Kinder von den Eltern, die in dem Haus wohnen. Also, die Familienverhältnisse der Bewohner scheinen etwas wirr zu sein. Aber das geht uns ja nichts an, nicht wahr?«

»Gibt es auch einen Garten?«

»Ja«, sagte Jonathan. »Eigentlich ist es mehr ein Park, oder war es vermutlich früher einmal, bevor man aufgehört hat, ihn zu jäten, zurechtzustutzen und zu mähen. Jedenfalls sehr romantisch.«

»Und das Stadtviertel?«

»Hampstead! Muß etwas ganz Besonderes sein. Jeder, dem ich es erzähle, kriegt verzückte Augen und sagt: Hampstead? Ist das Ihr Ernst? Sie haben mehr Glück als Verstand, alter Knabe.«

»Ist die Wohnung möbliert?«

»Nein, gähnend leer. Alles blau und gelb. Wir müssen mit einem richtigen Möbelwagen umziehen.«

»Wieso blau und gelb? Wie meinst du das?«

»Ich weiß nicht genau. Ich habe ja keinen Sinn für Farben. Aber irgendwie schienen mir die Wände und der Teppichboden ziemlich blau und gelb. Du wirst das ja selbst sehen. Ich hole dich morgen am Flughafen ab. Mit einem Leihwagen!«

»Kannst du denn im Linksverkehr fahren?«

»Keine Ahnung. Irgendwann muß ich ja mal anfangen.«

»Jonathan!«

»Ist noch was???«

»Sag bitte, was ist nun blau und was ist gelb in unserer Wohnung. Es sind ja zwei schöne Farben, jede für sich, aber du weißt, daß unsere Couch knallrot ist und daß wir ziemlich viele bemalte Bauernmöbel haben! Ich meine, zu Blau und Gelb eine passende Farbe zu finden, ist fast ausgeschlossen. Zu Gelb ist es natürlich eine Kleinigkeit und zu Blau auch, obwohl ich Blau hasse. Aber zu beidem gleichzeitig! Bist du sicher, wir sollten die Wohnung nehmen???«

»My God«, stöhnte Jonathan. »Ich erzähle dieser Frau, daß ich die schönste Wohnung von London gefunden habe, eine Wohnung, nach der Dutzende von Leuten gierig sind, und was tut sie? Sie hält mir einen Vortrag über Farben.«
»Farben sind wichtig«, entschied ich. »Für das seelische Wohlbefinden und überhaupt.«

2

Der Himmel über London war seidig blau und alle Narzissen blühten. Sie schwammen als dottergelbe Inseln unter den Bäumen des Hydeparks, leuchteten von den Fenstersimsen ehrwürdiger Bankgebäude und Hotels und säumten die handtuchschmalen Vorgärten der Reihenhäuser. Und alle Fassaden hatten gemütlich vorspringende Erkerfenster, und alle Autos fuhren auf der falschen Straßenseite. Jonathan auch. Jedesmal, wenn aus einer Kurve ein roter Doppeldeckerbus in gefährlicher Schräglage auf uns zu kam, schloß ich verzweifelt die Augen und erwartete eine Katastrophe.
Das Haus stand am höchsten Punkt der Straße, ein bißchen zurückgesetzt hinter einer niedrigen Ligusterhecke, die offenbar eine Weile nicht mehr geschnitten worden war. Zwischen Haus und Hecke gab es einen Kiesvorplatz, auf dem vier Autos älteren Datums geparkt waren, zwei entlang der Hecke, die zwei anderen unter den beiden halbrunden Erkerfenstern links und rechts von der Eingangstüre.
Auf den ersten Blick sah das Haus ähnlich aus wie alle anderen Häuser an der hügelaufwärts geschwungenen Straße: aus rotem Ziegel, sehr groß, sehr würdevoll und auf rührende Weise altmodisch. Es hatte viele

hohe Fenster, die alle durch weißgestrichene Holzrahmen in winzige Gevierte aufgeteilt waren, und an seiner Fassade liefen sowohl in waagrechter wie senkrechter Richtung schwarzlackierte Wasserrohre und Regenrinnen entlang. Der rechte Erker war von einem Kletterstrauch halb überwuchert. »Dahinter liegt unser Wohnzimmer«, sagte Jonathan.
Als wir über den Kiesplatz gingen, bemerkte ich die ersten feinen Unterschiede zwischen diesem Haus und den anderen, an denen wir vorbeigefahren waren. So hingen zum Beispiel die Garagentüren der anderen Häuser, soweit man sie hinter dem gepflegten Buschwerk erspähen konnte, nicht windschief und weit geöffnet in den Angeln, auch schienen die anderen Garagen nicht knöcheltief unter Wasser zu stehen. Die steinernen Stufen am Eingang hatten nirgends so bemoost und abgebröckelt ausgesehen, und die Haustüren, man kann schon beinahe sagen Portale, in der Nachbarschaft waren nicht verwittert und grau, sondern glänzend gewachst und mit prächtigen schmiedeeisernen Beschlägen versehen. Ob sie auch klemmten und mit lautem Knall hinter einem zufielen, aber dennoch nicht ins Schloß sprangen und deshalb Tag und Nacht einladend angelehnt blieben, konnte ich nicht sagen, bezweifelte es aber stark.
Die Halle des Hauses machte einen noblen, aber leicht verwahrlosten Eindruck, links und rechts gab es je eine hellgrün gestrichene Wohnungstür. Vor uns führte eine breite Treppe zum ersten Stock, auf dem untersten Pfosten des geschnitzten Treppengeländers lag ein

Stapel Briefe, ein paar weitere lagen auf den Stufen und auf dem glanzlosen Parkettboden verstreut.
Die Angewohnheit des Briefträgers, die Post von vier Familien täglich dreimal mit elegantem Schwung in Richtung Treppengeländer zu werfen – vermutlich in der vagen Hoffnung, daß einige der Briefe auf dem Pfosten liegenblieben –, lernte ich später sehr schätzen. Einmal erhielt dadurch jeder Hausbewohner einen genauen Überblick über die Korrespondenz seiner Mitbewohner, zum anderen wußte man immer, wer schon aufgestanden war und wer nicht.
Gegenüber der Haustür führte eine Glastüre in den Garten. Zwei Scheiben waren zersprungen. Ein paar schmutzige Kindergummistiefel, ein Schaukelpferd und Gartenmöbel unterschiedlicher Art und Farbe lagen links und rechts von dieser Tür. »Kleinlich scheinen die Bewohner jedenfalls nicht zu sein«, sagte ich halblaut zu Jonathan. »Wer sind die Leute, deren Wohnung wir übernehmen wollen?«
»Mr. und Mrs. Dustin«, erklärte Jonathan. »Mr. Dustin war jahrelang Kolonialbeamter in einer indischen Kleinstadt, Madeleine Dustin ist Französin. Als es mit dem Empire dahinging, kehrte Mr. Dustin ins Mutterland zurück und gründete einen Vertrieb für Comic-Hefte. Muß enorm florieren. Jedenfalls hat er sich gerade ein Haus gekauft.«
»Siehst du«, sagte ich vorwurfsvoll, während Jonathan auf den Klingelknopf neben der rechten Wohnungstür drückte. »Und du behauptest immer, andere Kinder läsen Klassiker.«

Die Tür ging auf. »Oh, Sie sind es, wie reizend, kommen Sie doch herein. Hoffentlich macht es Ihnen nichts aus, daß mein Mann und ich noch nicht angezogen sind, aber wir machen gerade die Wohnung sauber, und so ist es viel bequemer, nicht wahr?« zwitscherte uns Mrs. Dustin melodisch entgegen. »Egmond«, rief sie über mehrere Terzen und Quinten hinauf und hinunter. »Eeeeegmond, komm und sieh, wer da ist!«
Mrs. Dustin raffte ein cremefarbenes Spitzennegligé über der Brust zusammen, fingerte vergebens nach einem Knopf oder Haken, ließ die Spitzenvolants wieder auseinanderfallen und schob statt dessen mit der Fußspitze einen Kehrichteimer zur Seite. »Eeegmond, Eeeegmond«, rief sie nochmals, wobei sie mühelos das hohe C erreichte. »Mein Mann hat so furchtbar viel Arbeit mit der Wohnung gehabt«, zwitscherte sie von neuem. »Sie wissen sicher, daß man hierzulande eine Wohnung nur wenn sie tadellos renoviert ist an den Nachmieter weitergeben darf. Und weil Egmond so geschickt ist, hat er alle Wände selbst gestrichen. Ich sagte zu ihm: ›Egmond, nimm Gelb, Gelb wirkt so freundlich‹, finden Sie nicht auch?«
Ich nickte stumm und ließ meinen Blick über die gelben Wände des schmalen, langen Korridors schweifen, der sich weit hinten um mehrere Ecken verlor. Als ich zur Decke schaute und feststellte, daß auch sie gelber war als irgend etwas Gelbes, das ich jemals gesehen hatte, tauchte in der Ferne Egmond auf. Das heißt, zunächst tauchte ein gewaltiger, summender Staubsauger auf,

den ein kleiner, runder Mann in rotem Bademantel vor sich herschob. Ich fand, Egmond sah aus, als müßten seinem freundlichen Fischmund nach Comic-Art jeden Augenblick kleine Sprechblasen entquellen: Ächz, stöhn, schnauf, schnauf.
Als Egmond bei uns angelangt war, schüttelte er uns stumm und kräftig die Hand und führte uns ins Wohnzimmer. Es war ein hoher, heller Raum von etwa vierzig Quadratmetern, der bis auf zwei Sessel dicht neben der Tür und einen Tisch mit zwei Stühlen weit vorne im Erker vollkommen leer war. »Ich finde immer, je mehr Möbel man hat, desto schwieriger ist das Saubermachen«, zwitscherte Mrs. Dustin. Glücklicherweise hatte Egmond die Wände dieses Raumes weiß gestrichen. Weiß war auch die Decke mit den strengen Stuckmotiven, weiß der hölzerne Kaminsims. Zusammen mit dem königsblauen Teppichboden und den schweren, messingfarbenen Vorhängen, die zu beiden Seiten des Erkers bis zum Boden reichten, ergab das eine hinreißende Wirkung.
»Wir brauchen andere Sessel«, flüsterte ich Jonathan zu. »Irgend etwas ganz Ausgefallenes. Und die Couch lasse ich neu beziehen. Es wird traumhaft schön werden.«
Jonathan winkte stirnrunzelnd ab und sprach weiter über Ablösesummen, Mietverträge und eine Dame namens Mrs. Miller, die kürzlich ihren 90. Geburtstag begangen hatte und unsere Landlady war. Schließlich deutete er auf den zierlichen golden lackierten Heizkörper neben der Tür und einen zweiten ebenso zierli-

chen im fernen Erker und erkundigte sich, ob damit denn dieses Zimmer zu heizen sei.

»Oh, wir fanden es immer mollig warm, nicht wahr, Egmond?« flötete Mrs. Dustin. »Zentralheizung ist ja so etwas Angenehmes. Es gibt sie nicht oft in Häusern wie diesem.«

Mr. Dustin nickte heftig. Dann zeigte er uns die weiteren Räume der Wohnung. Sie bestanden aus einem Bad, das sich seltsamerweise unmittelbar neben dem Wohnzimmer befand, während die Küche erst hinter mehreren überraschenden Windungen des Korridors in Richtung Schlafzimmer lag. Außerdem gab es ein riesiges gelbes Kinderzimmer, ferner ein kleines, düsteres Gelaß neben der Küche, dessen Nordfenster von üppig gerafften Gardinen verhängt war und so den Blick auf die Mülltonnen nur ahnen ließ. Auch hier leuchteten die Wände in freudigem Gelb. Ganz hinten am Ende des Ganges erreichten wir schließlich über zwei Treppenstufen ein großes gelbes Schlafzimmer. Es war in einem pavillonartigen Anbau des Hauses untergebracht, was ihm sehr reizvolle architektonische Eigenheiten verlieh, aber den Nachteil hatte, daß in diesem Raum zu jeder Jahreszeit genau die gleichen Temperaturen wie im Garten herrschten.

Auf der Rückwanderung zum Wohnzimmer fragte ich Mrs. Dustin, ob die Entfernungen zwischen den einzelnen Räumen nicht etwas mühsam seien. Aber sie zwitscherte, sie habe sich angewöhnt, nicht nur die Mahlzeiten, sondern überhaupt alles, was man von einem Ende der Wohnung zum anderen transportieren wolle, auf einen kleinen Rollwagen zu stapeln, einen sogenannten »Trolley«, der sehr handlich sei. Sie würde mir ihren Trolley gern überlassen, fügte sie hinzu, was mir angesichts der Summe, die wir für den gelben Wandanstrich und den leicht abgewetzten Teppichboden bezahlten, durchaus angemessen schien.

»Was meinst du?« fragte mich Jonathan rasch auf deutsch, als die Besichtigung zu Ende war.

»Ich liebe die Wohnung«, antwortete ich. »Nimm sie sofort, egal, was sie kostet.«

»Wußte ich's doch«, brummte er und sprach weiter mit Egmond über Geld, während ich überlegte, warum wohl mitten im Wohnzimmer gänzlich unmotiviert ein Wäschekorb stand.

Später wurde mir klar, daß er von Mrs. Dustin dorthin gestellt worden war, um eine glänzende, völlig kahle Stelle des Teppichbodens zu verdecken. Auch bei uns lagen an dieser Stelle fürderhin immer zwanglos hingestreute Zeitungen, wenn Besuch kam. Und als wir die Wohnung eines Tages an Mr. Mayday weitergaben, hatte Michi den strengen Auftrag, wann immer Mr. Mayday uns besuchte, auf einem afrikanischen Sitzkissen Platz zu nehmen, das die haarlose Stelle genau bedeckte, und unter keinen Umständen aufzustehen, damit nicht jemand gedankenlos die Sitzgelegenheit in die Nähe des Tisches ziehen würde. Vermutlich dachte Mr. Mayday, unser Sohn sei gehbehindert oder zumindest stark verhaltensgestört, weil er auf freundliche Fragen wie: »Willst du mir nicht den Garten zeigen?« oder: »Laß doch mal dein Kinderzimmer sehen?« stets nur den Kopf schüttelte und wie eine Pagode mitten im Zimmer sitzen blieb.

»Wie wohl die übrigen Leute sind, die im Haus wohnen?« fragte ich im Halbdunkel Jonathan, der neben mir auf einem leise knarrenden Notbett im überfüllten Ivanhoe-Hotel lag. In meinem Kopf kreisten viel zu viele Sherries, die wir in viel zu vielen Pubs getrunken hatten, um die glücklich vollendete Wohnungssuche zu begießen.
»Ich kenne nur Ray«, sagte Jonathan gähnend. »Er ist unser Nachbar im Parterre. Lebt ganz allein in der riesigen Wohnung, versetzt dauernd irgendwelche Wände, scheint sein Hobby zu sein.«
»Was macht er außerdem?«
»Ich glaube, er hat augenblicklich keinen Job, wühlt sich gerade durch einen Haufen neuer Angebote, wie er sagt. Er ist ein reizender Bursche«, murmelte Jonathan und gähnte. »Ganz reizend, man muß sich eben nur an diese kleine Eigenheit gewöhnen . . .« Weiteres Gähnen . . .
»Welche Eigenheit?« fragte ich.
»Nun ja, er – Himmel, bin ich müde – ich glaube, ich schlafe jetzt ein«, sagte Jonathan und schlief ein.

3

Es war an meinem letzten Tag in München, kurz vor Mitternacht, als mich die Erkenntnis traf, daß meine beiden gültigen Reisepässe in der mittleren Schublade des Schreibtischs lagen. Dieser stand zwischen einer Waschmaschine und einem Kinderbett eingeklemmt auf einem Möbelwagen, der wiederum seit vier Tagen gen England rollte. Mit anderen Worten: Meine Reisepässe würden in etwa sechs Stunden nach England einreisen. Leider ohne mich.

Alles hatte so gut geklappt. Der gesamte Inhalt unseres Hauses hatte wider Erwarten samt vier Fahrrädern und zwei Rodelschlitten in dem silbernen Ungetüm von Möbelwagen Platz gefunden, den ein kleiner magerer Mr. Smith mutterseelenallein über tausend Kilometer nach London steuerte. Michi und Christian weilten mit ihrer Großmutter auf dem Land, wo sie auch bleiben sollten, bis ich in London Tritt gefaßt hatte und das Sommer-Term von »St. Patrick's Junior School« begann.

Ich war gerade von der allerletzten Abschiedsfeier zurückgekommen, hatte ein bißchen auf der Kinderschaukel beim Fliederbusch gewippt, den schiefen Mond angesehen und dann meine kleine Reisetasche fertiggemacht. Heute würde ich zum letztenmal in unserem gähnend leeren Haus schlafen. Morgen früh ging mein Flugzeug nach London, wo ich etwa zur gleichen Zeit wie Mr. Smith und sein Möbelwagen eintreffen sollte. Übermorgen würde ein Kosmetikvertreter bei uns einziehen, dessen Frau ich dreimal hintereinander für eine neue Freundin von ihm gehalten hatte, weil sie jedesmal eine andersfarbige Perücke mit dazu passendem Make-up trug.

Ich hatte gerade Lust verspürt, ein bißchen sentimental zu werden: statt dessen wählte ich die Nummer des Hotels Ivanhoe. Während ich darauf wartete, daß man Jonathan vom sechsten Stock herunterholte, dachte ich an die beiden einzigen Situationen in meinem Leben, die in ähnlicher Weise mit Reisepässen zu tun gehabt hatten. An beide würde mich Jonathan in etwa drei Minuten erinnern.

Die erste lag sehr weit zurück und betraf seltsamerweise ebenfalls eine Reise nach England. Jonathan und ich waren damals wenige Monate verheiratet und wollten zusammen mit einem Fotografen und einem etwas exzentrischen Schwabinger Millionär, der sich aufs Filmen verlegt hatte, eine mehrwöchige Fahrt durch Irland unternehmen. Wir waren mit dem Auto nach Calais gefahren, um von dort mit der Fähre nach England und von Liverpool aus mit einer weiteren Fähre nach Dublin überzusetzen. Als die weißen Felsen von Dover in Sicht kamen, stellte Jonathan fest, daß mein Reisepaß abgelaufen war. Ich weiß nicht mehr genau, wie wir es schafften, den Kontrollbeamten auf

der Fähre so intensiv in ein Gespräch zu verwickeln, daß er es nicht bemerkte. Wahrscheinlich war ich der erste und letzte Ausländer, der je ohne gültigen Paß ins British Empire eingereist ist. (Daß ich am übernächsten Tag mit einem gültigen, da verlängerten Paß ausreiste, verdanke ich der deutschen Botschaft, die sich vermutlich noch lange an uns erinnerte.)
Der zweite Zwischenfall ereignete sich viele Jahre später auf dem Flughafen von Madrid, von wo ich mit einem Fotografen eine gemeinsame Reportagereise fortsetzen sollte. Fünfzehn Minuten bevor unsere Maschine aufgerufen wurde, entdeckte ich, daß ein Paß von mir am Empfang des Hotels liegengeblieben war, während der andere (inzwischen hatte ich zwei, um für alle Gelegenheiten gewappnet zu sein) gerade unaufhaltsam in meiner Reisetasche auf dem Gepäckband davonrollte. Es war zum erstenmal, daß ich meinen sehr erfahrenen, schnell reagierenden Kollegen mit hilflos ausgebreiteten Armen auf eine Bank habe niedersinken und resignieren sehen. Er hätte sich diese dramatische Geste sparen können. Unser Flugzeug hatte wider Erwarten eine volle Stunde Verspätung. Wenige Minuten nachdem ein aufgeregter Hotelpage mit meinem Paß wedelnd in der Abflughalle auf mich zustürzte, übergab mir ein höflicher Beamter die Reisetasche, deren vollautomatische Beförderung in den Flugzeugrumpf er auf dem Dienstweg unterbrochen hatte. Es blieben mir noch bequeme zehn Minuten Zeit, um mit einem Paß nach Wahl durch die Kontrolle zu schreiten.

»Hallo«, sagte Jonathan verschlafen ins Telefon. »Was ist los? Ich dachte, wir müßten morgen beide ausgeschlafen und fit sein, um einen Umzug über die Bühne zu bringen.«

Ich sagte ihm, was los war.

»So etwas kann nur dir passieren«, seufzte Jonathan. »Darf ich dich bei der Gelegenheit an unsere Irlandfahrt und den Flughafen von Madrid erinnern?«

»Du darfst«, sagte ich sanft. »Obgleich ich es ein bißchen unfair finde, immer nur die wenigen Gelegenheiten zu erwähnen, bei denen ich ohne Reisepaß war, und nie die zahllosen anderen Gelegenheiten, bei denen ich meinen Paß dabei hatte.«

»Lassen wir das«, sagte Jonathan. »Kannst du mir sagen, wie du dir den weiteren Verlauf unserer Umsiedlung nach London vorstellst?«

»Nein. Das wollte ich gerade dich fragen.«

»Ich könnte ja immerhin morgen früh deinen Paß aus dem Schreibtisch nehmen und dich damit an der Paßkontrolle am Flughafen erwarten«, schlug Jonathan vor.

»Ich fürchte, das geht nicht.«

»Warum?«

»Weil ich den Schlüssel zum Schreibtisch in der Handtasche habe. Schließlich wäre es leichtsinnig, einen Schreibtisch mit wertvollen Dokumenten unversperrt zu lassen.«

»Großartig«, sagte Jonathan. »Der neue Abschnitt unseres gemeinsamen Lebens fängt sehr vielversprechend an. Weißt du, was? Komme, wie du willst, wann du willst und womit du willst. Ich fürchte, ich kann zum erstenmal im Leben nichts für dich tun. Also dann bis demnächst, bis morgen oder übermorgen oder . . .«

»Jonathan«, rief ich. »Du weißt doch gar nicht, wo die Männer von der Umzugsfirma alles hinstellen sollen. Ich habe doch die Skizze!«

Aber Jonathan hatte schon aufgehängt.

Ich verbrachte den nächsten Tag in einem reizenden Städtchen namens Porz am Rhein. Wenn überhaupt irgendwo, dann könne man mir am Paßamt von Porz weiterhelfen, hatte mir ein Beamter des Kölner Flughafens erklärt. Jedenfalls sei es das nächste erreichbare Paßamt. Ich war eigentlich entschlossen gewesen, mich ohne Paß nach London durchzuschmuggeln, wurde aber bereits bei der Zwischenlandung in Köln von einem Kontrollbeamten ertappt. Er geriet in helle Aufregung, holte weitere, höhere Beamte herbei und verwehrte mir, obgleich ich ihm schluchzend das bevorstehende Zusammentreffen meines hilflosen Mannes mit dem riesengroßen Möbelwagen schilderte, den Weiterflug. Nie und nimmer gelänge es mir, ohne Reisepaß britischen Boden zu betreten, sagte er, und ich brächte nicht nur mich, sondern auch die deutschen Behörden in die fürchterlichsten Schwierigkeiten, wenn sie mich ohne Paß in eine Maschine nach London ließen.

Die Porzer Paßbeamten waren alle sehr nett. Nach sechs Stunden Wartezeit und unzähligen Tassen Kaffee mit Blick aufs liebliche Rheintal bekam ich einen im

Blitzverfahren ausgestellten, von München telefonisch beglaubigten Ersatzpaß ausgehändigt. Der Taxifahrer sagte, wenn ich die Verantwortung dafür tragen wolle, daß er seine Lizenz verliert, könne er versuchen, die letzte Maschine nach London zu erreichen.
Es regnete in Strömen, als wir in Heathrow landeten. Hinter der Zollkontrolle stand Jonathan und winkte heftig mit zwei Reisepässen. Er hatte den Schreibtisch aufgebrochen und war seither zu jeder Maschine aus Deutschland gekommen.
»Was hast du denn um Himmels willen den ganzen Tag gemacht?« fragte er besorgt.
»In Porz am Rhein Kaffee getrunken«, sagte ich und steckte sorgfältig meine drei Reisepässe in die Handtasche.

4

Redington Road, die »Perle von Hampstead«, war übersät mit Kirsch- und Mandelblüten, die der Wind aus den gepflegten Gärten auf die Straße geweht hatte. Jonathan fuhr schweigend die sanften Hügel und Windungen von Redington Road entlang bis hinauf zu dem runden, roten Postkasten, der mir später, wenn ich die 25 Minuten vom alten U-Bahnhof im Hampstead, beladen mit Tüten von »Selfridges« und »Marks and Spencer«, heimwankte, immer wie eine Art Leuchtturm in höchster Not erschien; ich wußte, daß ich von diesem Postkasten aus nur noch eine allerletzte kurze Steigung bis zu unserm Haus zu überwinden hatte.

In unserer künftigen Wohnung sah es ungefähr so aus, wie ich es mir vorgestellt hatte: die Männer der Umzugsfirma hatten unter den vagen Anweisungen Jonathans den Inhalt des Möbelwagens großzügig über die Räume verteilt. Das meiste stapelte sich im Wohnzimmer, weil es der Eingangstür am nächsten lag. Immerhin fand ich die Matratzen unserer Betten auf dem Boden im Schlafzimmer. Das war schon etwas.

»Und ich hatte so eine schöne Skizze gemacht«, seufzte ich und fiel auf die Couch, die quer mitten im Zimmer stand. Jonathan ließ sich auf einer Kiste nieder, die sowohl Geschirr wie Bücher als auch Unterwäsche oder Kinderspielzeug enthalten konnte. An der Decke brannte eine matte Glühbirne. Die Wände sahen kränklich und grünstichig aus. Besonders grün kam mir die Wand an dem schmalen Nordfenster vor. Wir sollten erst später merken, daß das nicht an der Beleuchtung lag, sondern am Zustand der Regenrinne, die entlang dieser Wand in einen ständig gurgelnden, meist verstopften Gully führte.

»Vielleicht machen wir ein bißchen Musik«, schlug ich vor. »Und wenn du die Stehlampe hinter dem Bügelbrett hervorziehen würdest, könnte es möglicherweise noch ein ganz gemütlicher Abend werden.«

»Hat keinen Sinn«, erwiderte Jonathan dumpf. »Die Stecker passen nicht. Morgen kommt ein Elektriker. Du solltest wieder mal eine Liste anlegen, damit wir nicht übermorgen ohne Toaster und Kaffeemaschine dasitzen.«

Auch das noch, dachte ich verbittert. Als ob es nicht reichte, daß man in diesem Land in Füßen statt in Metern maß, in Steinen statt in Kilogramm wog und für den Umgang mit Geld das Zwölfereinmaleins beherrschen mußte. Auch die Steckdosen waren anders als überall sonst in Europa.

»Eine Putzfrau habe ich auch bestellt. Die kommt von der Firma ›Eifrige Heinzelmännchen‹«, bemerkte Jonathan.

»Herrlich«, sagte ich. »Ich hoffe nur, das ›eifrige Heinzelmännchen‹ ist kräftig und robust. Dann wird es ihm

sicher ein Vergnügen sein, solide gearbeitete bayerische Bauernmöbel auf einem kilometerlangen Gang hin und her zu schieben.«
»Ich muß jedenfalls pünktlich in der Redaktion sein«, meinte Jonathan.
»Das dachte ich mir«, fauchte ich. »Wenn du mir wenigstens erklären könntest, warum du unseren sechstürigen Kleiderschrank hier im Wohnzimmer hast aufstellen lassen.«
»Es gab in dem ganzen Chaos nur noch eine freie Wand, und die war hier.«
Wie sagte doch der Vertreter der Umzugsfirma: gnädige Frau, Sie werden jeden Kochtopf an der Stelle finden, wo er hingehört, und wenn noch ein Rest Gulasch drin ist, macht das auch nichts. Dann steht er eben am Herd.
Plötzlich klingelte es. Jonathan turnte über einige Kisten und herumliegende Sesselpolster, öffnete die Tür, und ich hörte seine völlig veränderte Stimme: »Oh, guten Abend, Ray! Reizend, daß du bei uns vorbeischaust. Ja, meine Frau ist angekommen. Komm doch rein, sie wird sich schrecklich freuen, dich kennenzulernen.«
Er tauchte wieder im Türrahmen auf, wobei er einen kleinen Mann mittleren Alters im schwarzen, korrekten Anzug mit glatt nach hinten gekämmtem, offensichtlich mit viel Frisiercreme behandeltem Haar und rundem Mondgesicht vor sich herschob.
»Gela, das ist Ray, unser Nachbar im Erdgeschoß«, verkündete Jonathan überschwenglich, in unserer Si-

tuation unangebracht überschwenglich, fand ich. »Ray, das ist Gela«, fügte er hinzu.
»How do you do, Gela«, sagte der mir fremde Mann zu mir, der ein bißchen wie ein Geistlicher von einer protestantischen Sekte wirkte.
»How do you do, Mister . . .« Ich zögerte. »Oh, sag einfach Ray zu mir«, schlug er vor. Vielleicht hatte er mich auch gesiezt. Das englische you läßt einem praktischerweise die Wahl, ob man sich von wildfremden Menschen mit Sie oder Du angesprochen fühlen möchte. Ich entschied mich zunächst für das förmlichere Sie.
Ray schaute sich um: »Das wird morgen eine Menge Arbeit geben, schätze ich«, stellte er fröhlich fest. »Darauf sollten wir einen D-rink nehmen.« Er stellte eine Whiskyflasche und drei fürsorglich mitgebrachte Gläser auf eine Kiste und goß ein.
»Reizend von dir, in der Tat reizend«, sagte Jonathan und trat mir aufmunternd auf die Zehen.
»Also dann«, strahlte Ray und hob ein Glas. »Tsch, tsch« – kleine Pause – »tsch, tsch, tsch« – größere Pause – »Tsch-iers«, rief er triumphierend.
»Tschiers«, sagte Jonathan. Ich konnte nichts sagen, weil ich mein Taschentuch vor den Mund gerissen hatte, um einen unbezwingbaren Lachkrampf zu vertuschen.
Ich hoffe, Ray hat mir inzwischen verziehen. Er war zwei Jahre lang der netteste, hilfsbereiteste Nachbar, den man sich denken kann. Und er war so stolz darauf, in diesem Haus zu wohnen, in dieser Straße und in die-

sem Stadtteil! »Gute Adresse hier«, pflegte er zu bemerken. »Wirklich besonders gute Wohngegend.« Der Stolz über die Tatsache, daß er in Hampstead wohnte, sozusagen in Tuchfühlung mit den exzentrischen Filmstars Peter Sellers und Peter O'Toole, blähte ihn förmlich auf. Wenn er mit auf dem Rücken gekreuzten Händen weltmännisch auf den Fersen wippte, die nie erlöschende zerknautschte Zigarette im Mundwinkel, hatte man immer den Eindruck, er würde im nächsten Augenblick ein paar Zentimeter über dem Boden schweben vor lauter Stolz.

Ein paar Wochen nach unserem Einzug fragte er mich einmal: »S-s sag mal, Gela, ganz ehrlich, findest du, ich sollte eine Schule für S-s-s, ich meine eine Sch-ule für Stotterer besuchen?« Zu diesem Zeitpunkt war es mir bereits möglich, ihm ohne rot anzulaufen in die Augen zu sehen und zu antworten, was er hören wollte, nämlich: »Aber Ray, wieso denn? Ich wüßte wirklich nicht warum?«

Er strahlte.

Was mich an Ray immer wieder verblüffte, war seine unglaubliche Hartnäckigkeit. Wenn er sich einmal zu einem Wort entschlossen hatte, beharrte er eigensinnig darauf, egal, wie lange er dazu brauchte, es zu Ende zu bringen. Für seinen Gesprächspartner dehnten sich die Sekunden, während derer er mit weit aufgerissenem Mund an den Anfangsbuchstaben arbeitete, zu einer qualvollen Zeitspanne. Bis zuletzt passierte es mir immer wieder, daß ich ihm das Wort sozusagen aus dem Mund nahm, was er mit heftigem Nicken quit-

tierte, ohne sich in dem Versuch, es selbst zu formulieren, stören zu lassen.
Ray war es auch, der mir die ersten Hinweise auf die übrigen Mitbewohner unseres Hauses gab. Während wir, Gemüsenetze in beiden Händen, den langen Weg zwischen Hampstead und unserem Haus zurücklegten, vorbei an silbern glänzenden Rolls-Royce und Bentleys, im Schatten ausladender Bäume, sagte er eifrig: »Über dir wohnen Tsch-tschessica und Richard. Reizende Menschen beide, ganz reizend, aber ein bißchen kompliziert alles.« – »Wieso?« – »Also, Tsch-tschessica ist Italienerin und war früher Nonne. Sie ist dann aus dem Kloster weggel-l-laufen und hat Richard geheiratet. Der stammt aus einer steinreichen jüdischen Familie, lauter Diamantenhändler, mußt du wissen. Hampstead ist ja ein Pflaster für reiche F-f-familien. Es gibt eine Menge Emigranten und Juden hier, vor allem Juden. Manche Leute nennen unser Viertel deshalb Abrahamstead.«
»Ich weiß«, nickte ich. »Erzähl doch weiter von Jessica!«
»Entsprungene Nonne und jüdischer Diamantenhändler – das war natürlich ziemlich sch-wierig. Richards Familie war dagegen und seine Frau auch, denn er war ja verheiratet und mußte sich erst sch-eiden lassen. Und jetzt hat Jessica die beiden großen Söhne am Hals, nette Kerle beide, kräftig wie die Bären. Sie kämpfen miteinander, daß die Fetzen fliegen. Wirklich n---eulich hätten sie sich im Garten beinahe totgeschlagen. Alles voller Blutspuren hinterher.«

»Hat denn da niemand eingegriffen?« fragte ich.
Ray winkte mit einer großzügigen Geste ab. »Wir hier in England kümmern uns nur um unsere eigenen Angelegenheiten. Sch-schätze, am Kontinent ist das anders.«
Ich dachte an das gedämpfte Rumpeln und Rumoren über unserer Wohnzimmerdecke, das abends häufig unsere Hängelampe in leise Schwingungen versetzte, und fragte Ray, ob das vielleicht etwas mit den beiden Söhnen von Richard zu tun habe. »Schätze sch-sch-sch-on«, sagte er. »Die Jungen prügeln sich fast jeden Tag. Richard hat schließlich einen sch-schalldichten Fußboden einziehen lassen, weil Madeleine Dustin so schreckhaft war.«
Ich sagte, ich würde mich Jessica gleich morgen vorstellen.
Ray wiegte nachdenklich sein Haupt. »Sie ist sch-recklich s-ensibel. Erschrick nicht, wenn du sie siehst. Sieht aus wie aus dem Grab gestiegen. Aber zäh ist sie, unglaublich zäh . . .«
»Was macht sie denn den ganzen Tag? Ich habe sie nie auf der Treppe oder im Garten gesehen.«
»Sie versucht zu sch-lafen, kann aber nicht, weil sie täglich an die sechzig schwarze Zigaretten raucht und praktisch nur von starkem Kaffee lebt. Das kommt wohl von ihrem Beruf.«
»Was für ein Beruf?«
»Sie leitet Spielclubs in eleganten Hotels auf dem Land.«
»Eine ehemalige Nonne leitet Spielclubs?«

»Ja, ja, das macht sie großartig. K-kommt keine Nacht vor vier Uhr früh heim, die arme zarte Person.«
»O Gott«, sagte ich, »und Richard, was macht der? Handelt er mit Diamanten?«
»Nein, nein. Ich glaube, er vertritt gerade Eisschränke. Oder Investmentpapiere. Oder vielleicht auch beides. G-genau weiß man bei Richard nie, was er g-gerade verkauft. Irgend etwas geht immer schief. Er ist einfach zu gutmütig, um ein wirklich cleverer Busineßman zu sein.«
Wir waren bei einer der verschnörkelten grünlackierten Bänke angelangt, die in geziemendem Abstand zu beiden Seiten der Redington Road auftauchten, um müden Wanderern Erquickung zu bieten. Es waren altmodische, unbequeme Bänke mit steilen Lehnen und einer überraschenden Armstütze in der Mitte, die unwillkürlich die Vorstellung hervorrief, daß hier nur Liebespaare sitzen sollten, die sich nahe sein wollten, aber nicht zu nahe kommen durften. Ray stellte aufseufzend seine Einkaufstasche ab und ließ sich auf der einen Seite der Bank nieder, ich auf der anderen.
»Tja, Richard«, begann er von neuem. »Tapferer Bursche, wirklich. Wenn ich nur an die Tra-tragödie mit seinen Gemälden denke.«
»Gemälde?« fragte ich schläfrig zurück. Es konnte sehr heiß sein in London, und Redington Road war sehr lang.
»Richard hat bis vor kurzem Gemälde vertrieben«, erklärte Ray eifrig. »Das heißt, es war eigentlich nur ein

Gemälde, aber er hatte ganze Stapel davon. Es war immer dieselbe Dame, die mit dem berühmten L-lächeln. Wie heißt sie nur?«

»Die Mona Lisa?«

»Richtig. Es waren lauter Mona L-lisas. Vor drei Wochen hat Richard sie im Garten zum Trocknen aufgestellt. Die Rahmen waren frisch geklebt. Er brachte die Bilder im Lieferwagen und lehnte sie an der Hauswand in die Sonne . . . Man konnte überhaupt nirgends mehr hintreten vor lauter Mona Lisas. Da stürzt plötzlich ein Verrückter in den Garten und brüllt irgend etwas in einer S-sprache, die ich nicht kenne. Richard wohl schon, denn er wurde ganz bleich. Jedenfalls zieht dieser Mensch ein Messer heraus und sticht wie wahnsinnig auf alle die Bilder ein. Immer sch-schön eins nach dem andern hat er aufgeschl-itzt. War sein Geschäftspartner, sagte uns Richard später. Alle Leute im Haus hingen am Fenster und schauten zu. Madeleine schrie wie am Spieß. Ich wollte gerade die Polizei rufen, aber da rannte dieser Mensch wieder davon, schm-iß sich in einen s-s-sündteuren Sportwagen und brauste ab. Weiß nicht, womit Richard jetzt handelt«, sagte Ray abschließend. »Jedenfalls sind er und Tsch-tschessica reizende Menschen. Sehr dezent. Bißchen zurückgezogen und ruhig vielleicht.«

Wir gingen die letzten Meter auf das Haus zu. Im ersten Stock über unserem Erker war ein Fenster aufgeklappt. Ein rosa Store flatterte wie eine kleine Wolke im Wind. »Wohnt dort oben Jessica?« fragte ich Ray halblaut. Er nickte. Ich schaute nachdenklich hinauf.

Vielleicht saß sie hinter dem Fenster und beobachtete uns.
Ray hielt mir galant die Haustür auf, die knarrend hinter uns in das ewig klemmende Schloß fiel. »Furchtbarer Zustand, in dem das Haus ist«, brummte er. »Monatelang brannte kein Licht überm Eingang. Ich habe den Verwalter ein d-d-d-utzendmal angerufen. Schließlich habe ich selbst eine Birne gekauft.«
»Ah, dann stammt die rote Glühlampe in der Laterne von dir!« sagte ich. »Als ich neulich mit Jonathan aus dem Kino heimkam, bemerkte er: also dieses alte Gemäuer mit der roten Lampe davor, das sieht wirklich aus wie ein P-p . . .«
Diesmal stotterte ich; ich wollte Rays Gefühle nicht beleidigen.
Zu meiner Verwunderung begann Ray herzlich zu lachen, wozu er die Zigarette aus dem Mund nahm und die Asche sorglos über die leeren Milchflaschen stäubte, die in England vor jeder Wohnungstür stehen.
»Du wolltest sagen Puff, nicht wahr?« kicherte er und wurde von immer neuen Lachbeben erschüttert, die schließlich in ein homerisches Gelächter mündeten.
»Sch-sch-schrecklich komisch finde ich das.«
»Wieso?« sagte ich.
»Weil«, erwiderte Ray und trocknete sich die Augen mit seinem verknautschten Schlips. »Weil eure Wohnung bis vor einiger Zeit tatsächlich ein Puff war!«
Ich setzte meine beiden Einkaufsnetze ab. »Du meinst unsere Wohnung hier in dieser unbeschreiblich vornehmen Gegend, für die Jonathan einer uralten Land-

lady namens Mrs. Miller eine horrende Miete bezahlt, diese Wohnung war ein Puff?«
Einen kühnen Augenblick lang tauchte das Bild von Madeleine Dustin vor mir auf, wie sie in ihrem beigen Spitzennegligé auf uns zugerauscht kam. Aber nein, Mr. Dustin war ein Kolonialbeamter der Britischen Krone. Er würde das Commonwealth niemals auf solche Weise befleckt haben. Ich schaute fragend auf Ray.
»Weißt du«, sagte er plötzlich wieder ganz ernst und fingerte geschäftig nach dem Schlüssel für seine Wohnungstür. »Das alles mußt du dir von Samanta erzählen lassen. Sie hat diese Episode miterlebt. Sie wohnt am längsten von uns allen in diesem Haus.«
»Wer ist Samanta?« fragte ich.
»Oh, S-samanta ist eine faszinierende Person. Ganz große Klasse. Beste amerikanische Erziehung. Richtig guter Stall. Bißchen schwierig für sie, so unterm Dach zu leben. Paßt eigentlich nicht zu ihrem Stil. Aber John hat nun mal kein Glück mit Jobs. Na. Sch-wamm drüber. Du wirst sicher bald von Samanta hören.«
Ray winkte mir freundlich zu und verschwand hinter seiner Wohnungstür.

5

Zwei Tage nach diesem Gespräch lernte ich Samanta kennen. Ich angelte gerade träge die Milchflaschen, das Schinkenpaket und die Eier herein, die Bill, der Milchmann, wie jeden Morgen vor meiner Wohnungstür deponiert hatte, als das Haustor mit dem mir inzwischen vertrauten harten Knall zufiel und rasche, energische Schritte durchs Treppenhaus klapperten. Bevor ich mich zurückziehen konnte, unfrisiert, verschlafen und mit Jonathans uraltem Bademantel bekleidet, stand ein blondes weibliches Wesen mit auffallend schmalem, ebenmäßigem Gesicht und bildschönen Beinen vor mir. Sie trug einen schwingenden lila Rock, dessen Kürze den Beinen ausgezeichnet bekam, altrosa Pumps und auf dem Arm ein kleines Mädchen mit Augen wie Kohlenstücke.

Als sie mich sah, hielt sie inne, hob ihre Augenbrauen in unendlichem Erstaunen und knipste in ihrem marmorkühlen Gesicht ein hinreißendes Lächeln an. »Hallo«, rief sie in dem hohen, leicht gekünstelten Tonfall, den ich noch so oft in England hören sollte, wenn zwei Frauen aufeinanderstießen, sei es auf einer Party, im Treppenhaus oder beim Gemüsehändler. Ich lächelte zurück, die Arme voller Milchflaschen, Schinken und Eier, von Jonathans Bademantel wohlig warm, aber nicht sonderlich vorteilhaft umhüllt, und sagte ebenfalls: »Hallo!« Dann nannte ich meinen Namen und erklärte, was kaum zu übersehen war, nämlich daß wir die neu angekommene Familie aus Deutschland seien.

»Ja, ich habe gehört, daß schon wieder jemand in diese Wohnung gezogen ist«, flötete das blonde Wesen. »Ich bin Samanta«, fügte sie hinzu. »Aber du mußt mich Samy nennen, alle Freunde sagen Samy zu mir.«

Das Tempo, mit dem ich jeden Tag neue, wildfremde Menschen traf, die ich duzen oder sagen wir besser youzen und beim Vornamen nennen sollte, war etwas verwirrend.

»Es muß so angenehm sein, wirklich lange schlafen zu können«, sagte Samanta mit einem beziehungsvollen Blick auf meinen Bademantel. Ich versicherte ihr, daß ich dazu nicht mehr oft Gelegenheit haben würde, wenn erst meine sechs und acht Jahre alten Söhne da seien.

»O Maureen, hast du gehört, es kommen wieder einmal neue Kinder zu uns ins Haus. Ich bin sicher, sie sind nicht so unartig wie die beiden Rangen von Ray. Rays Kinder sind eine richtige kleine Landplage, nicht wahr, Maureen?« Maureen nickte ernsthaft. »O Gott, es ist schon so spät, gleich halb zehn, und ich stehe hier herum, als ob ich nicht alle Hände voll zu tun hätte«, rief Samanta aus. »Du mußt unbedingt bald zum Tee zu uns kommen und John kennenlernen. Maureen, sag bye-bye zu Gela.« Das kleine Mädchen schaute mich

feindselig an und versteckte dann sein kleines, grämliches Gesicht an Samantas Schulter.
»Bye-bye, Gela«, flötete Samy. »Ich wünschte, ich könnte auch einmal ausschlafen und den Morgen so richtig vertrödeln. Aber irgendwie bin ich nicht der Typ dafür. Meine Tage sind immer bis zum Rand ausgefüllt.« Sie klapperte leichtfüßig die Treppe zum ersten Stock hinauf.
Ich atmete einmal tief durch, drückte meine Tür mit der Schulter zu und murmelte, während ich in der Küche die Milchflaschen absetzte: »Alle Achtung. Eins zu null für Samanta.«
Das nächste Mal hörten Jonathan und ich abends gegen zehn Uhr von Samanta. Michi und Christian waren am Morgen wohlbehalten angekommen, hatten mit zunehmendem Wohlwollen ihr Zimmer, das Haus und den Garten inspiziert, ein erstes Fußballmatch im Korridor ausgetragen und waren dann gegen neun Uhr todmüde in ihre Betten gesunken. Eine Stunde später kam Michi zu uns ins Wohnzimmer getrottet: »In unserem Zimmer spielt jemand Klavier.«
»Du hast geträumt, mein Sohn«, sagte Jonathan. »Wie soll denn plötzlich ein Klavier in dein Zimmer kommen?«
»Weiß ich nicht«, beharrte Michi. »Sehen kann man es nicht, weil Christian das Licht nicht anmachen will. Er sagt, ihr sollt kommen.«
»Es müssen die vielen neuen Eindrücke sein«, murmelte ich Jonathan zu und machte mich mit Michi auf den Weg ins Kinderzimmer.

Bereits auf halber Strecke schlug perlendes Klavierspiel an mein Ohr. Ich blieb mit Michi im Halbdunkel stehen und lauschte. Es mußte Mozart sein, vielleicht war es auch Haydn, meine Bildung auf dem Gebiet der klassischen Musik ist äußerst anfechtbar. Jedenfalls verrieten Anschlag und Tempo die Meisterschaft des Spielers.
»Hörst du's?« fragte Michi.
Ich nickte. Kaum hatte ich die Kinderzimmertür geöffnet, nahm das Klavierspiel konzertreife Lautstärke an. Die Töne drangen von allen Seiten auf mich ein. Das letzte Mal hatte ich solch eine intensive Akkustik bei den Festspielen in Salzburg genossen, wo wir durch Zufall zwei Plätze in der ersten Reihe direkt unterm Flügel ergattert hatten.
Ich machte Licht. Christian saß aufrecht in seinem Bett und starrte mit aufgerissenen Augen zur Decke. »Das geht schon fast seit 'ner Stunde so, Mami. Hört ihr's denn nicht? Wenn man das Kissen übern Kopf zieht, wird's noch lauter.«
Wir hatten tatsächlich nichts gehört. Es mußte mit dem schalldichten Fußboden über unserem Wohnzimmer und den Windungen des Korridors zu tun haben.
Ich holte Jonathan. Er hörte eine Weile zu. »Hervorragend«, sagte er, »wirklich imponierend. Hör nur, wie elegant sie das Presto nimmt.«
»Wieso sie? Vielleicht ist es ein Er?«
»Habe ich dir nicht gesagt, daß Samanta Peterson früher Klavierkonzerte gegeben hat? Ray machte mal eine

Bemerkung darüber. Es kann sich nur um Samanta handeln.«

Wir lauschten wieder eine Weile.

»Ich will jetzt endlich schlafen«, jammerte Michi. »Sag ihr, sie soll aufhören, auf unseren Köpfen Klavier zu spielen.«

»Sie spielt nicht direkt auf eurem Kopf, es klingt nur so«, erklärte Jonathan. »Das Klavier muß genau über euren Betten stehen.«

»Seltsam«, sagte ich. »Ich dachte, über uns wohnen die Nonne und der Diamantenhändler. Ray sagte, Samanta lebe mit ihrer Familie unterm Dach.«

»Dieses Klavier, wem immer es gehört, steht nicht unterm Dach, sondern in der Wohnung über uns«, stellte Jonathan fest. »Und diese Wohnung muß besonders dünne Fußböden haben. Ich frage mich, wie sich darauf überhaupt ein Klavier halten kann.«

»Sag ihr, sie soll aufhören«, verlangte Michi wieder. »Man wird ganz taub davon.«

»Ja, bitte, Daddy, sie soll aufhören«, fügte Christian hinzu.

Eine Sequenz donnernder Akkorde nahm mir die Möglichkeit, auch noch etwas zu sagen. Der letzte Akkord ging daneben und wurde mehrmals nachdrücklich berichtigt. »Es wird dir wohl nichts anderes übrigbleiben, als ihr tatsächlich zu sagen, sie soll aufhören«, schrie ich Jonathan zu.

Jonathan war überraschend schnell wieder da. »Was war?«

»Nicht viel«, sagte er trocken. »Der Raum überm Kin-

derzimmer ist tatsächlich Samanta Petersons Studio, und das Klavier ist ein Steinway-Flügel aus dem Jahr 1923. Der Rest der Wohnung liegt unterm Dach.«
»Aha, und was sagte sie?«
»Nichts, sie spielte ja Klavier. Ich sah sie nur durch die Tür, übrigens eine bezaubernde Person.«
»Ich weiß«, sagte ich. »Aber hört sie nun auf oder nicht?«
»Ich glaube, nicht. Ihr Mann erklärte mir, Samanta sei eine außergewöhnlich begabte Pianistin, und in den vier Jahren, die sie in diesem Haus wohnten, habe noch nie irgend jemand Samantas Klavierspiel als störend empfunden.«
»Komisch. Dustins hatten doch einen kleinen Sohn, der, soviel ich weiß, im selben Zimmer schlief wie unsere Kinder.«
»Tja«, sagte Jonathan. »Vielleicht war sein Gehörsinn nicht normal entwickelt.«
»Unsere Kinder sind jedenfalls normal entwickelt, und wenn sie sich auch in Zukunft normal entwickeln sollen, brauchen sie ihren Schlaf«, antwortete ich nachdrücklich.
»John Peterson gab mir zu verstehen, daß Samanta ihr Klavierspiel unmöglich nach den Schlafenszeiten unserer Kinder einrichten könne, um so mehr, als sie bei ihrer ausgefüllten Lebensweise eigentlich nur abends Zeit finde zu üben.«
»Vielleicht bist du nicht energisch genug aufgetreten?«
»Ganz im Gegenteil«, sagte Jonathan. »Jedenfalls

machte Mr. Peterson die Tür zu, ohne auf Wiedersehen zu sagen.«
»Schade«, murmelte ich. »Ich hätte so gerne mal mit Samanta Tee getrunken.«
Dann geleiteten wir unsere Söhne mit Teddybären und Kopfkissen beladen unter den nach und nach leiser werdenden Klängen einer Mozartetüde ans ferne Ende der Wohnung, wo unser Pavillonschlafzimmer lag. Dort packten wir sie in unsere Ehebetten.
Wochen danach, als Samanta und ich uns bereits beschnupperten und umkreisten wie zwei Raubkatzen, die noch nicht wissen, ob sie sich sympathisch sind – so jedenfalls sah es Jonathan –, rang ich ihr einen Kompromiß ab. Sie versprach, nicht mehr zwischen acht und halb neun Uhr abends zu spielen. Das war die Zeit, zu der unsere Söhne einzuschlafen pflegten. Aber ich hatte meine diplomatischen Mittel ganz umsonst eingesetzt. Michi und Christian lauerten täglich dermaßen angespannt auf den Ablauf dieser Schonfrist, daß sie nie mehr vor halb neun einschliefen. So gewöhnten wir uns an einen etwas umständlichen, aber praktikablen Ritus. Begann Samanta pünktlich um 20.30 Uhr in die Tasten zu greifen, kam Michi zu uns ins Wohnzimmer und verkündete triumphierend: »Samanta spielt!« Darauf brachten wir die Kinder samt Teddybären und Kissen in unser Schlafzimmer und trugen sie von dort, wenn wir selbst ins Bett wollten, in ihr Zimmer zurück.
Als ich Ray einmal davon erzählte, lächelte er wissend: »Das wundert mich nicht. Jeder, der in eurer Wohnung

lebte, hat sich bei John Peterson beklagt. Aber gegen John und Samanta ist man einfach machtlos. Um ehrlich zu sein, ich glaube, Madeleine Dustin ist vor allem deswegen ausgezogen. Sie konnte das ewige K-lavierspielen einfach nicht mehr ertragen. Sie war so gänzlich unmusikalisch, die Arme.«

»Ich finde es nicht fair, daß uns die Dustins nichts davon gesagt haben, als wir die Wohnung mieteten«, sagte ich abends zu Jonathan.

»Ich wette, du wirst es eines Tages tun, wenn wir die Wohnung wieder loskriegen wollen«, sagte Jonathan.

Ich tat es nicht. Es war auch gar nicht nötig. Unser Nachmieter, ein Dirigent namens Hadrian Mayday, rang, obgleich hoch in den Vierzigern, noch mit den Anfängen seiner Karriere. Er brachte als seinen kostbarsten Besitz einen Flügel mit, einen Blüthner. Den wollte er im Kinderzimmer aufstellen. Ich empfand zum erstenmal, daß in dem Sprichwort von der Rache, die süß sei, ein Körnchen Wahrheit steckt. Leider konnte ich die nächtlichen Duelle zwischen Samantas Steinway und Hadrians Blüthner nicht mehr miterleben. Sie müssen, wenn man Rays trockenen Postkartengrüßen glauben darf, fulminant gewesen sein.

6

Die Wand neben dem Nordfenster wurde immer grüner, obgleich es in jenem ersten Frühsommer in London nicht viel regnete.
Dennoch wurde die Wand grüner.
Es lag, wie Jonathan feststellte, an einem Regenrohr, das außen am Haus entlangführte und vermutlich verstopft war. Jedenfalls wies es in halber Höhe ein Loch auf, durch das sich bei Regen die Wasserströme von drei Dachrinnen klatschend an die Hauswand entluden.
»Es muß etwas geschehen«, sagte Jonathan, »sonst können wir im Herbst in unserem Wohnzimmer exotische Moosarten züchten.« Er rief den Hausverwalter, Mr. Silver, an und schilderte die Situation. Mr. Silver sagte, was höfliche Engländer immer sagen, wenn sie zu gut erzogen sind, um einen wissen zu lassen, daß sie das Problem des Anrufers völlig kalt läßt: »I call you back – Ich rufe zurück.« Als Mr. Silver auch nach dem dritten Anruf nicht zurückgerufen hatte, bestellte Jonathan einen Klempner. Der besah sich das geborstene Wasserrohr lange und ausführlich, schritt dann langsam um das gesamte Haus herum, klopfte hier an ein Rohr, brach dort ein Stückchen verrostete

Regenrinne ab und stellte schließlich, an den Ausgangspunkt zurückgekommen, fest: »Regenrinnen und Wasserrohre von gepflegten Häusern gehören einmal im Jahr ausgeputzt, von Laub gesäubert und frisch lackiert. Und zwar mit zwei Schichten Lack, besser noch mit drei Schichten.«

»Bei uns werden Wasserrohre in die Mauer verlegt. Das ist sehr praktisch, weil sie da nicht rosten«, wagte ich zu bemerken.

»Das mag am Kontinent so sein«, erwiderte der Klempner streng.

Ray, der, Abwechslung witternd, aus seiner Wohnung gekommen war und der Inspektion beiwohnte, mischte sich ein. »All diese Schwierigkeiten kommen daher, weil einmal vor langer Zeit irgend jemand behauptet hat, in England s-s-seien die Winter mild«, erklärte er wichtig. »Deshalb gibt es in den Häusern keine Doppelfenster und keine Zentralheizung, und die Wasserrohre liegen alle außen. Natürlich rosten sie, frieren sie, platzen und verursachen jedes Jahr entsetzliche Komplikationen. Aber wir Engländer l-lassen uns einfach nicht davon abbringen, daß wir milde Winter haben.«

»Das sagen Sie, Mister«, brummte der Klempner mißbilligend. Dann teilte er Jonathan mit, die Reparatur dieses einen Rohres, die in jedem Fall nur schäbiges Flickwerk sein könne, koste acht Pfund. Jonathan erteilte ihm den Auftrag und ließ den Hausverwalter in einem höflichen Brief wissen, daß er die Summe von der nächsten Miete abziehen würde.

Bald darauf klingelte morgens zu ungewohnter Zeit das Telefon. Es war zu der von mir geliebten halben Stunde nach dem Frühstück, wenn Jonathan und die Jungens aus dem Haus waren, ich mir eine allerletzte Tasse Kaffee einschenkte und mich durch die neuesten, drei Tage alten Zeitungen aus Deutschland wühlte. Durchs Erkerfenster sah ich nacheinander wie von einer Theaterloge aus: Samanta, die ungeduldig Maureen ins Auto zerrte, um shopping zu fahren, Ray, wie er in Pantoffeln zum Postkasten trottete, vermutlich um seine hundertste Bewerbung auf eine Stellenanzeige einzuwerfen, Jessica, die mit einem Abfalleimer zu den Mülltonnen huschte. Vor der Millionärsvilla gegenüber polierte der chinesische Butler wie jeden Morgen den Rolls seines Herrn. Ich schluckte mein letztes Stückchen Toast mit Orangenmarmelade hinunter und nahm den Hörer ab. Dann begann mein Herz wie rasend zu klopfen: aus dem Hörer drangen schwere, keuchende Atemzüge, abgelöst von einer Art Gurgeln, das so klang, als ob jemand verzweifelt um Luft ringt. Schließlich krächzte eine unendlich tiefe, hohle Stimme: »Sind Sie es, Mrs. L.?«
Ich begann am ganzen Körper zu zittern: »Ja«, sagte ich. »Ich bin selbst am Apparat.«
Erneutes Stöhnen, schwere Atemzüge, dann wieder die Stimme: »Hören Sie gut zu, ich muß Ihnen etwas sagen.« Ich war in heller Panik, dachte an Drohungen, Erpressung, hielt aber den Hörer krampfhaft fest. »Ich bin Mrs. Miller, Ihre Landlady«, krächzte die Stimme. Pause, pfeifende Atemzüge, dann der bedeutungs-

schwere Satz: »Die Miete gehört der Landlady, merken Sie sich das.«
Trotz meiner Erleichterung gelang es mir nur mühsam, zu antworten: »Natürlich gehört die Miete der Landlady.«
Dumpfes Stöhnen am anderen Ende der Leitung. »Dann sagen Sie Ihrem Mann, er soll die Miete in Zukunft der Landlady bezahlen und nicht einem dahergelaufenen Klempner.«
Ich schilderte Mrs. Miller in bewegenden Worten, wie feucht unsere Wohnzimmerwand bereits gewesen sei und daß Mr. Silver, der Hausverwalter, niemals zurückgerufen habe. Worauf sie die überraschende Frage stellte: »War die Wand innen oder außen feucht?«
»Innen«, sagte ich wahrheitsgemäß. »Das fanden wir ja so beunruhigend.«
»Für Reparaturen, die das Innere des Hauses betreffen, ist die Landlady nicht verantwortlich«, keuchte Mrs. Miller nachdrücklich.
Das fand ich stark. Ich nahm die Gelegenheit wahr, Mrs. Miller mitzuteilen, daß der linke Fensterflügel des Schlafzimmers jedesmal, wenn man ihn öffnen wollte, mitsamt dem Rahmen nach außen falle, und daß der Wasserkasten unserer Toilette die seltsame Angewohnheit habe, überzulaufen, und zwar je nach Laune nach außen oder nach innen. Im ersten Fall laufe das Wasser durch einen abgebrochenen Rohrstutzen in den Garten und von dort sturzbachähnlich die Redington Road hinunter; im zweiten Fall bahne es sich seinen Weg unter der Toilettentür durch quer über

unseren Korridor zum ehemaligen Dienstbotenausgang, von wo es ebenfalls auf die Straße plätschere. »Neulich, als ich abends aus der Stadt kam, floß mir unsere Toilette buchstäblich bis zur Einmündung der nächsten Querstraße entgegen«, schrie ich ins Telefon, denn vermutlich war Mrs. Miller nicht nur asthmatisch, sondern auch schwerhörig. Ob das nicht möglicherweise Reparaturen seien, die die Landlady beträfen.

Eine Weile blieb es still in der Leitung. Dann stellte mir Mrs. Miller unter beängstigendem Schnaufen die überraschende Frage: »Mrs. L., sind Sie sicher, daß Sie mit Mr. L. verheiratet sind?«

Ich fand den Übergang etwas abrupt, sagte aber in meiner Verblüffung: »Natürlich bin ich mit meinem Mann verheiratet.«

»Das hat mir auch der Verwalter gesagt, daß Sie mit Mr. L. verheiratet sind«, krächzte Mrs. Miller. »Das ist gut. Das ist sehr gut. Mein Haus ist nämlich ein anständiges Haus. Good bye, Mrs. L.«

»Good bye, Mrs. Miller«, sagte ich und legte den Hörer auf.

Nachdem ich die Vorgeschichte des Hauses kannte, entwickelte ich ein gewisses Verständnis für Mrs. Miller.

Das Haus war ihr aus dem Nachlaß einer Erbengemeinschaft zugefallen, und zwar mitsamt Mr. Silver, dem Verwalter. Dieser vermietete die Dachwohnung sofort an eine junge amerikanische Pianistin und einen großen blassen Professor für Sprachen. Beide kamen aus Oxford und brachten zwei Kinder im Schulalter mit, einen Jungen und ein Mädchen. Es waren die Kinder aus Samantas erster Ehe, und John und Samanta waren, wie sich bald herausstellen sollte, keineswegs verheiratet. Vielleicht hätte Mrs. Miller ihnen das verziehen, wenn nicht Samanta durch ihre ungewöhnliche Geschäftstüchtigkeit vor einem Mietgericht durchgesetzt hätte, daß sie in Anbetracht des Zustands ihrer Wohnung nur die gesetzliche Mindestmiete für Altbauwohnungen zahlen mußte – eine Summe, die für Hampstead geradezu lächerlich gering war. Ferner störte Mrs. Miller, daß Samantas geschiedener Ehemann mehrfach auf abenteuerliche Weise in das Haus eindrang und versuchte, seine beiden Kinder zu entführen, einmal sogar mit vorübergehendem Erfolg. Die Polizei erschien, amtliche Ermittlungen wurden geführt, die Mitbewohner wurden als Zeugen vernommen – kurzum – Samanta und John entsprachen zumindest in den ersten Jahren keineswegs Mrs. Millers Vorstellung von »decent English people«.

Die riesengroße Wohnung im ersten Stock vergab Mr. Silver an einen Geschäftsmann aus alteingesessener jüdischer Familie und seine zarte italienische Frau, die wie seine Tochter aussah und auch gar nicht seine Frau war. Vielmehr pflegte die Ehefrau dieses Mieters häufig, begleitet von ihrer Sippe, vor dem Haus aufzutauchen und mit anklagend zum Himmel geworfenen Armen: »Schickse! Schickse!« zu den Fenstern im ersten Stock hinaufzurufen. Das ist die schlimmste Beschimpfung, die eine gläubige Jüdin einer Christin

entgegenschleudern kann. Als Jessica und Richard schließlich doch heirateten, weigerte sich Mrs. Miller eigensinnig, dies zur Kenntnis zu nehmen. Wann immer ein amtliches Schreiben der Landlady an die Mieter im ersten Stock anfiel, adressierte sie es an Jessica, und zwar unter ihrem Mädchennamen.
In die rechte Parterrewohnung zogen zwei samthäutige Puertoricanerinnen ein. Mr. Silver versicherte später immer wieder, sie hätten ausgesprochen solide gewirkt, um so mehr, als jede für ein Kind zu sorgen hatte. Außerdem waren sie bereit, die fantastisch hohe Miete zu zahlen. Leider nahm der Kraftwagenverkehr, nachdem die beiden dunklen Schönheiten ins Haus gezogen waren, in Redington Road sprunghaft zu. Tag und Nacht hielten elegante Wagen auf dem Kiesplatz vor dem Haus, und scheu um sich blickende Herren mit Schirm und Bowler strebten eilig der rechten Wohnungstür zu. Hatten sie Einlaß gefunden, beugte sich meist eine der jungen Damen aus dem Erkerfenster und rief mit schriller Stimme: »Kiiiiinder, Kiiiiinder. Ihr bleibt jetzt eine halbe Stunde im Garten. Untersteht euch, eher 'reinzukommen, sonst setzt's was.« Worauf die schweren, messingfarbenen Vorhänge zugezogen wurden. Auf diese Weise wuchsen die Kinder fast völlig im Freien auf. Manchmal, wenn es regnete, holte Jessica sie zu sich herauf und gab ihnen heißen Tee zu trinken.
Was Mrs. Miller den beiden jungen Damen nie verzieh, war, daß sie eines Tages bei Nacht und Nebel unter Hinterlassung mehrerer unbezahlter Monatsmie-

ten verschwanden. Noch monatelang torkelten mitten in der Nacht angetrunkene Herren suchend durchs Treppenhaus, klingelten bei Samanta Sturm und verlangten nach »Milly« und »Cilly«.
Dustins, unsere Vormieter, müssen Mrs. Miller daraufhin als überaus solide Mieter erschienen sein, wenngleich Mrs. Dustin exzentrischerweise Französin war und man sie nie anders als im Negligé oder in einem winzigen Bikini durch Haus und Garten, ja sogar zum Postkasten trippeln sah. Je nach Wetterlage. Daß nach Dustins kurzem Gastspiel wieder keine »decent English people«, sondern Deutsche in die rechte Parterrewohnung zogen, noch dazu Deutsche mit der Berufsbezeichnung Journalisten, mußte Mrs. Miller mißtrauisch stimmen.
Mit der linken Parterrewohnung schien Mrs. Miller zunächst Glück zu haben. Dort wohnte ein wirklich netter Mittelklasse-Engländer – nämlich Ray – mit einer wirklich netten englischen Frau und zwei ganz und gar englischen Kindern. Leider konnte sich die hübsche junge Frau aber nicht an die neue Bleibe gewöhnen und begann in unregelmäßigen Abständen mit ihren Kindern aus- und wieder einzuziehen, wobei sie dramatischerweise jedesmal ihr Bett samt der geblümten Steppdecke in dem Combiwagen ihres Mannes verlud.
Sheila war – wie mir Ray einmal erzählte – früher Schauspielerin gewesen und hatte sich, obgleich sie blond, kräftig und rotbackig wie ein Landmädchen war, immer einen Hang zum Extravaganten bewahrt. Zu

der Zeit, als wir in Redington Road lebten, hatte Sheila gerade ihre Bühnenträume und offenbar auch ihre Ehe begraben und mit erstaunlicher Energie eine Ausbildung als Lehrerin begonnen, auf Staatskosten natürlich. Sie wohnte in einem romantischen Vorort an der Themse – allerdings nicht allein, wie mir Ray mit gramgefurchter Stirn zu verstehen gab – und tauchte jedes zweite Wochenende mit ihren Kindern in Redington Road auf, wusch Rays Hemden, machte die Wohnung sauber, kochte riesige Roastbeefs und apple-pies und erklärte mir fröhlich, im Grunde seien ja alle Männer gleich, trotzdem müsse man mehrere ausprobieren.

Ihre Kinder, ein Junge und ein Mädchen, tobten an diesen Wochenenden begeistert mit unseren Kindern durch Haus und Garten. An den Montagen darauf, wenn Sheila und ihre lebhaften Sprößlinge wieder ausgezogen waren, pflegte Samanta mit hochgezogenen Brauen darüber zu klagen, daß sie die einzige sei, die jemals das Treppenhaus schrubbte. Sie benutzte das Wort »schrubben« mit besonderem Genuß, vermutlich weil es in so frappantem Gegensatz zu ihren zarten, immer ein wenig fröstelnd nach vorn gezogenen Schultern und ihren schmalen, edlen Händen stand.

»Wer hätte sich das je träumen lassen, daß mein Leben praktisch nur noch aus Kochen und Schrubben besteht«, seufzte sie mit reizendem Lächeln. »Ich schrubbe Fenster, ich schrubbe Böden, ich schrubbe dieses Treppenhaus hier, einfach weil ich nicht sehen kann, wie es verkommt.«

Um ehrlich zu sein, ich habe Samanta niemals während der zwei Jahre, die wir im Haus wohnten, die Treppe schrubben sehen. Und die Treppe sah auch nicht so aus, als ob sie irgendwann einmal geschrubbt worden wäre, höchstens als habe gelegentlich jemand mit zarter Hand einen Staubsauger darüberhin geführt.

Fast ebenso genüßlich wie vom Treppenschrubben sprach Samanta davon, daß niemand außer ihr je die Mülltonnen in Ordnung gehalten habe.

Um zu begreifen, was es bedeutet, englische Mülltonnen in Ordnung zu halten, muß man die Männer von der Londoner Müllabfuhr in Aktion gesehen haben. Sicher gibt es auf der ganzen Welt nur wenige Tonnenmänner, die ihren Beruf lieben und mit Hingabe ausfüllen. Aber so lieblos, angewidert und haßerfüllt, wie die Londoner Müllmänner sich ihrer Aufgabe entledigen, habe ich es nirgendwo sonst erlebt.

Es gehört zu ihrem Ehrenkodex, die runden Tonnendeckel dröhnend auf den Boden zu werfen, darauf die bis zum Rand gefüllten Tonnen in kühnem Schwung auf die Schulter zu hieven, sie in waagerechter Stellung auf die Straße hinauszutragen und dabei eine unappetitliche Spur von Bananenschalen, zerknülltem Papier und aufgeweichten Eierkartons hinter sich zu lassen. Sodann knallen sie die häufig noch halbvollen Tonnen irgendwohin zwischen die herumliegenden Deckel, wo sie sich bei schlechtem Wetter rasch mit übelriechendem Regenwasser füllen.

Leider ging unser Küchenfenster genau auf die feuchte, düstere Nordecke des Gartens hinaus, in der sich zwei-

mal wöchentlich das Mülltonnendrama abspielte. Schon beim erstenmal erwachte sofort mein guter, deutscher Hausfraueninstinkt. Ich füllte leicht angeekelt und mit Gummihandschuhen angetan die unappetitlichen Reste in die Tonnen, schob sie wieder in Reih und Glied und versah sie mit den passenden Dekkeln.
Das tat ich zwei Jahre lang ohne Murren. Wenn Samanta, vor allem in Gesellschaft, mit einem malerischen, flatternden Etwas bekleidet und sehr kostbar und zerbrechlich auf dem Sofa lagernd, davon erzählte, wie sie das Treppenhaus schrubbte, den Garten jäte und die Mülltonnen säubere, sagte ich jedesmal sanft: »Samy, verzeih, aber die Mülltonnen werden von mir in Ordnung gehalten, jedenfalls seit ich in diesem Haus wohne.« Worauf sie leidenschaftlich ausrief: »O Gela, Liebste, ich weiß, du bist so wundervoll. Aber glaub mir, wenn jemand weiß, was es bedeutet, die Mülltonnen sauberzuhalten, dann bin ich es. Außer mir hat sich all die Jahre nie jemand darum gekümmert.«

7

Mrs. Perkins, Headmistress von St. Patrick's Junior School, warf einen zweifelnden Blick auf Michi und Christian, die stumm wie Ölgötzen vor ihr standen und offensichtlich unfähig waren, auch nur ein Wort von dem, was sie sprach, zu verstehen.

»Wie Sie wissen, ist unser Schuljahr in drei Terms eingeteilt«, sagte sie zu mir. »Aus Erfahrung muß ich Ihnen sagen, Ihre Söhne werden im ersten Term weder etwas vom Unterricht begreifen noch sich in der englischen Sprache ausdrücken können. Im zweiten Term werden sie sich einigermaßen mit Lehrern und Mitschülern verständigen können. Erst im dritten Term werden sie fähig sein, wirklich dem Unterricht zu folgen.«

Ich nickte. Für diese Aussichten waren die monatlichen Schulgebühren ziemlich hoch. Aber es gab nun einmal keine deutsche Schule in London, und so blieb mir gar nichts anderes übrig, als Mrs. Perkins erneut meine Dankbarkeit dafür auszudrücken, daß sie es überhaupt mit Michi und Christian versuchen wollte.

»Ihre Söhne brauchen natürlich Schuluniformen«, fuhr Mrs. Perkins fort. Sie betrachtete eingehend die blauen Trachtenjanker, die Michi und Christian trugen. »Reizende Jacken«, sagte sie. »Sehr originell. Ich überlege, ob die beiden sie als Schulblazer tragen könnten. Unsere Schulblazer sind nämlich auch blau. Was denken Sie, Miß Page?« Sie wandte sich an ein ältliches, verknittertes Wesen mit vielen rotblonden Löckchen, das sich bescheiden im Hintergrund gehalten hatte. Es war die Schulsekretärin und Schwester des Schulleiters Mr. Page, der St. Patrick's School von seinem Vater geerbt hatte und nach sehr eigenwilligen Vorstellungen weiterführte.

»Ich denke«, flüsterte Miß Page, »die Jacken sind etwas bizarr, nicht wahr? Ich glaube nicht, daß die alte Dame damit einverstanden wäre.«

Die alte Dame war – wie ich später erfuhr – Miß Pages Mutter, die noch bis vor wenigen Jahren jeden Morgen vor dem Schultor stand und den Jungen, die nach ihrer Ansicht die Haare zu lang trugen, dieselben eigenhändig abschnitt.

»Ich denke, Miß Page hat recht«, entschied Mrs. Perkins und fügte überraschenderweise hinzu: »Ich erinnere mich an einen Urlaub in Österreich vor vielen Jahren. Dort tragen auch Erwachsene solch originelle Jacken, nicht wahr? Ich habe damals daran gedacht, mir eine als Souvenir zu kaufen, habe es aber glücklicherweise unterlassen. Es ist doch mehr ein Kleidungsstück für Bergbewohner.«

Mrs. Perkins schien für einige Augenblicke in Erinnerungen an ihre Jugendzeit zu versinken. Ihr hageres Gesicht, aus dem alles Haar streng nach hinten gekämmt und zu einem kleinen, festen Knoten geschlun-

gen war, nahm fast weiche Züge an. Dann räusperte sie sich, setzte ihre an einer Goldkette baumelnde Brille auf und fuhr in sachlichem Ton fort: »Ich muß Sie also bitten, Ihren Söhnen eine komplette Schulausstattung zu kaufen. Sie bekommen sie bei Harrod's.«
Michi und Christian gaben Mrs. Perkins die Hand und machten einen Diener dazu.
»Entzückend«, flüsterte Miß Page. »So kontinental! Das hätte unserer alten Dame gefallen. Wirklich entzückende Knaben.«
»Frag sie doch mal, warum es hier so stinkt«, mischte sich Michi zum erstenmal in die Unterhaltung ein.
»Ja, es riecht entsetzlich«, stimmte Christian zu.
Ich übersetzte die Frage in leicht abgemilderter Form.
»Oh«, flüsterte Miß Page, »das ist unser Schulessen. Es gibt heute Würste mit Kraut und zum Nachtisch Jelly. Ich denke, es wird euch bei uns schmecken. Unsere Jungens können nie genug davon bekommen.«
Miß Page irrte sich. Unsere Kinder haßten die wurstähnlichen fetttriefenden Gebilde, genannt Saussages, das graue, zerkochte Kraut, genannt Cabbage, und das rote, wabbelige Himbeergelee, Urbestandteile aller englischen Schulessen, zwei Jahre lang aus vollem Herzen. Sie gewöhnten sich an, mittags nur zwei oder drei symbolische Bissen zu sich zu nehmen, und statt dessen um vier Uhr, wenn sie heimkamen, Unmengen von Toast in sich hineinzuschlingen.
Am nächsten Morgen fuhren wir mit der U-Bahn nach Knightsbridge, gingen die Brompton Road entlang und steuerten auf das vornehmste und traditionsreichste

Kaufhaus der Welt zu: Harrod's. Mit seinen gewaltigen Portalen, den vielen Erkern und Türmchen und dem roten Mauerwerk glich es eher einem Schloß denn einem Kaufhaus. Als wir Harrod's betraten, wußten wir noch nicht, welche zählebige Verbindung wir auf diese Weise zwischen uns und diesem berühmten Kaufhaus begründeten.
Ein livrierter Diener wies uns den Weg über plüschbedeckten Boden, vorbei an samtausgeschlagenen Wänden und goldbesetzten Vitrinen, bis zur Schulabteilung.
»Schuluniformen für die beiden jungen Herren?« erkundigte sich eine grauhaarige Dame.
Ich nickte.
»Name der Schule?« fragte sie.
Ich nannte ihn.
»Körpergröße der Kinder?«
»Ich gab sie an, in Zentimetern natürlich.
»Zentimeter nützen uns gar nichts«, stellte die Dame fest, trat vor Michi und Christian und vermaß sie von oben nach unten, von links nach rechts und rundherum in Inches und Feet. Die Ergebnisse notierte sie auf ein Blatt Papier. Dann begann sie in einem dicken Buch zu blättern. »Wie war doch der Name der Schule? St. Patrick's, nicht wahr?« murmelte sie.
»Ja, St. Patrick's. Ich weiß leider gar nicht genau, was wir alles brauchen, Jacken scheinen jedenfalls besonders wichtig zu sein.«
Die Dame wischte meine Bemerkung mit einer gelassenen Handbewegung beiseite. »Hier haben wir's

schon.« Ihr Zeigefinger verharrte auf einer Buchseite. »St. Patrick's School in Hampstead. Sehr gute, namhafte Schule. Seit vielen Jahren bei uns Kunde. Nun, dann wollen wir beginnen.«

Während der nächsten Viertelstunde fand ich keine Gelegenheit mehr, mich einzumischen. Die Dame begann zielstrebig zwischen Schubladen, Kleiderstangen und Schränken hin und her zu eilen und folgende Gegenstände vor uns aufzustapeln: zwei blaue Blazer mit grünem Schulwappen, zwei blaue Schildmützen mit dem gleichen Wappen, zwei lange grün-blau gestreifte Wollschals, zwei ebenso gestreifte Krawatten, vier graue Flanellhemden, zwei dicke graue Pullover mit grünem Rand, acht Paar wollene graue Kniestrümpfe mit grünem Rand. Ferner zwei weiße Sporthemden mit Leinenkragen, zwei ebensolche blaue Sporthemden mit Leinenkragen, zwei blaue Sportshorts und zwei blütenweiße wollene Sportpullover.

Alle diese Gegenstände hielt sie mit wenigen, routinierten Handgriffen vor Michi und Christian hin, streifte auch hie und da mal einen Pullover oder eine Jacke über und murmelte jedesmal: »Paßt.«

Als die beiden Kleiderstöße vor uns bereits beängstigend angewachsen waren, kam sie mit zwei riesengroßen grauen Flanellshorts auf meine Söhne zu, hielt sie prüfend vor sie hin und sagte: »Paßt.«

Ich atmete tief ein und sagte laut: »Paßt nicht.«

Ein verständnisloser Blick traf mich.

»Ich finde«, sagte ich tapfer, »daß diese Shorts meinen Söhnen zu groß sind.«

»Zu groß?« fragte die Dame in spitzem Tonfall zurück.
»Ja. Viel zu groß. Ich hätte gerne wirklich gut sitzende kurze Hosen.«
»Ich verkaufe seit zwanzig Jahren Schuluniformen in diesem Haus. Und noch nie hat mir jemand gesagt, die Sachen, die ich verkaufe, passen nicht.«
Ich bestand darauf, daß Michi und Christian in Shorts der nächstkleineren Nummer schlüpften. Sie schlotterten um sie herum und hingen ihnen bis in die Kniekehlen.
»Nun passen sie aber«, sagte die Dame, die seit zwanzig Jahren Schuluniformen verkaufte.
»Nein«, beharrte ich. »Ich finde, sie sehen greulich aus. Bitte, geben Sie uns Shorts, die nochmals eine Nummer kleiner sind.«
»Bei uns tragen alle Kinder Shorts wie diese«, erklärte die Dame.
»Ich weiß«, sagte ich. »Ich habe es gesehen. Gerade deshalb möchte ich sie für meine Kinder nicht so haben.«
Wir einigten uns schließlich auf zwei Paar halbwegs gut sitzende Shorts.
Monate später, als der naßkalte, graue Londoner Winter angebrochen war und Michis und Christians Beine jeden Nachmittag vom Rand der Kniestrümpfe bis hoch die Oberschenkel hinauf blau gefroren waren, wurde mir klar, daß es doch gewisse Vorteile hatte, die Shorts nach Landessitte bis zu den Knien schlotternd zu tragen.

Ich fragte Ray, warum englische Schulkinder im Winter keine langen Hosen tragen dürfen.
»Sie dürfen ja«, sagte Ray, »aber erst, wenn sie z-zehn sind und nicht mehr in die ›Junior School‹ gehen. Von da an werden zur Sch-schuluniform lange Hosen getragen, auch im Hochsommer.«
»Das ist doch unvernünftig«, wandte ich ein.
»Mag sein«, sagte Ray. »Aber du mußt bedenken, wir B-briten haben ein Empire aufgebaut. Das konnten wir nur, weil wir von klein auf abgehärtet und gegen T-t-temperaturen völlig unempfindlich sind.«
Nachdem die künftige Schulausstattung von Michi und Christian noch um je ein Paar Straßen- und ein Paar Fußballschuhe ergänzt worden war, fragte die Verkäuferin, inzwischen wieder versöhnlich gestimmt: »Wohin darf ich die Sachen schicken lassen, Madam?« Ich nannte Namen und Adresse, sie notierte beides und versprach, die Sachen würden morgen pünktlich geliefert. »Auf Wiedersehen und vielen Dank.«
»O bitte«, murmelte ich, durch ihren abschließenden Tonfall leicht verwirrt. »Ich hätte nur noch gerne bezahlt.«
»Bezahlt?«
»Ja, bezahlt«, sagte ich und überlegte, ob ich vielleicht das falsche englische Wort gewählt hatte.
»Sie meinen, Sie möchten bar bezahlen?« erkundigte sich die Dame mit dem Ausdruck allerhöchsten Erstaunens.
Ich nickte. Sie erklärte mir, es sei bei Harrod's durch-

aus unüblich, zu bezahlen. Die Kundinnen besäßen vielmehr ein Konto im Hause, auf das alles, was sie einkauften, verbucht würde. Einmal im Jahr werde die Summe dann per Scheck beglichen.
Ich erwiderte, ich hätte leider kein Konto im Hause und wolle auch keines eröffnen und müsse deshalb darauf bestehen, jetzt sofort, und zwar in bar, zu bezahlen.
Mein Wunsch löste einige Verwirrung aus. Eine Rechnung wurde mit mehreren Durchschlägen ausgefertigt, per Rohrpost hin und her geschossen, mehrfach abgezeichnet und schließlich zur Kasse gebracht.
Acht Wochen später erhielten wir einen ungeheuer höflichen Brief von Harrod's. Es täte ihnen unendlich leid, aber sie könnten unsere Kontonummer nicht finden und hätten festgestellt, daß wir dem Haus 650 Mark schulden, die zu begleichen sie uns höflichst bäten. Jonathan schrieb an Harrod's, wenn sie unser Konto nicht finden könnten, so läge das daran, daß wir überhaupt keines bei Harrod's hätten. Im übrigen seien die 650 Mark bar bezahlt worden.
Nach weiteren zwei Monaten bedauerte Harrod's brieflich ganz außerordentlich, uns daran erinnern zu müssen, daß wir ihnen immer noch 650 Mark schuldeten. Ferner fragten sie an, ob und wenn ja wann wir unser Konto bei ihnen aufgelöst hätten. Diesmal griff Jonathan zum Telefon und erklärte einem Herrn, den er für den Geschäftsführer hielt, ausführlich, daß wir leider kein Konto bei Harrod's besäßen noch planten, eines zu eröffnen. Daß wir hingegen vor vier oder fünf Monaten 650 Mark in bar für die Schuluniformen un-

serer Söhne bezahlt hätten. Dem Herrn war alles sehr peinlich. Er entschuldigte sich vielmals und hoffte, wir würden Harrod's bald wieder mit unserer Anwesenheit beehren.

Als einige Wochen später wieder ein Mahnbrief eintraf, beantwortete Jonathan ihn kurz und gar nicht mehr höflich.

Ray sagte, jetzt könnten wir endlich sehen, warum sich England in einer permanenten Wirtschaftskrise befinde. »T-t-totale Desorganisation, kein routiniertes Management, viel zuviel Tr-tradition.« Er selbst bewerbe sich aus diesem Grund bereits seit einiger Zeit nur noch bei deutschen, schwedischen oder Schweizer Firmen. »Sch-schätze, daß man dort Wert auf Prrrpräzision legt.«

Unser Briefwechsel mit Harrod's dauerte noch an, als Christian sein erster Schulblazer bereits zu klein geworden war. Den nächsten bestellte ich telefonisch und ließ die Rechnung auf Samantas Konto buchen. Denn Samy besaß selbstverständlich in allen »wirklich eleganten« Kaufhäusern Londons ein Konto. Zweimal im Jahr, zur Zeit des Ausverkaufs, erstand sie zu sagenhaft niedrigen Preisen die ausgefallensten, zauberhaftesten Modelle und scheute sich nicht, sie von Fall zu Fall zurückzugeben, wenn ein Knopf schlecht angenäht oder ein Saum aufgeplatzt war.

8

Insgesamt wohnten zu unserer Zeit zwischen sieben und elf Kinder im Haus. Rays pausbäckige blonde Wildlinge, ein Mädchen und ein Junge im Alter unserer Kinder, namens Anne und Percy, tauchten nur ab und zu auf, wenn Sheila das Gefühl hatte, sie müsse wieder mal nach ihrem Mann sehen. Auch Richards Söhne, fünfzehn und sechzehn Jahre alt, waren unter der Woche im Internat und kamen erst am Freitagabend heim. Besonders liebten Michi und Christian den jüngeren der beiden, einen breitschultrigen, sommersprossigen Jungen namens Tom, der sie mit nie erlahmender Geduld durch den Garten jagte, sie in die Luft warf und wieder auffing, ihnen die Grundzüge von Rugby beibrachte und sie die ersten einfachen Sätze in Englisch lehrte.

»Tom, warum verträgst du dich nicht mit deinem Bruder?« pflegte ihn Michi zu fragen.

»Weil ich ihn hasse«, antwortete Tom grinsend.

»Ist es wahr, daß du dich jeden Tag mit ihm prügelst?«

»Und wie. Nächstens drehe ich ihm den Hals um!«

Dabei war Tom der gutmütigste und liebenswürdigste Bursche, den man sich vorstellen kann. Anfangs hatte ich Angst, er würde den Kindern alle Knochen im Leib brechen, aber es sah immer nur so fürchterlich aus. In Wirklichkeit behandelte er sie sanft und sorgfältig wie ein Bär seine Jungen.

Tom und sein älterer Bruder, Larry, hatten noch eine Schwester, eine dunkelhaarige, glutäugige Schönheit von neun Jahren, die bei ihrer Mutter lebte und nur manchmal zu Besuch kam, wenn Rays Kinder da waren. Tom und Larry waren sich nur auf einem Gebiet einig: daß sie beide ihr Schwesterchen Ellen noch unerträglicher fanden als sich gegenseitig. Wie der leise, immer freundlich lächelnde Richard zu diesen temperamentstrotzenden Kindern gekommen war, habe ich nie verstanden. Für Jessica, die Scheue, im Kloster Aufgewachsene war es sicher nicht einfach, zwischen einem zwanzig Jahre älteren Ehemann und seinen Söhnen, die kaum jünger waren als sie selbst, zu leben.

Samantas Kinder aus erster Ehe, Frank und Celia, sah ich lange Zeit hindurch nur morgens in ihren Schuluniformen in Johns Auto steigen. Frank besuchte eine der besten Public Schools in London, Westminster, hatte mit vierzehn Jahren bereits zwei Klassen übersprungen und würde vermutlich das Abitur weit vor der Zeit ablegen. Er war ein stiller, blasser Junge, der eine starke Brille wegen seiner Kurzsichtigkeit trug und offensichtlich, kaum daß er zu Hause war, in seiner Dachkammer weiterlernte. Jedenfalls nahm er nie an den Fußball- und Badmintonturnieren teil, die unter großer Lärmentfaltung fast täglich am Spätnach-

mittag im Garten stattfanden und die Fensterscheiben des Hauses in ihren morschen Rahmen erbeben ließen.
Franks zwölfjährige Schwester Celia sah in ihrer Schuluniform aus, als sei sie den Seiten eines alten Bilderbuches entstiegen. Zum grauen Faltenrock und der grauen Bluse mit dem weißen Einsteckkragen trug sie einen flaschengrünen Blazer und einen kreisrunden Strohhut mit langen grünen Bändern. Über ihren schmalen Rücken fielen ihre braunen, glänzend gebürsteten Haare offen bis zur Taille. Celia wollte Tänzerin werden und ging deshalb in eine Schule, die – wie Samanta bemerkte – leider nicht dem intellektuellen Standard entsprach, den sie sich für ihre Kinder wünschte. Vormittags fand dort der übliche Unterricht statt, nachmittags wurden die Mädchen einem strengen Balletttraining unterworfen. Abends bemühte sich dann Samy, den mangelnden intellektuellen Standard der Schule auszugleichen, indem sie ihrer Tochter selbst zusätzliche Stunden gab.
Im Laufe der Zeit wurden die beiden Peterson-Kinder zutraulich und anhänglich. Sie spielten in ihrer karg bemessenen Freizeit mit unendlicher Geduld »Mensch, ärgere dich nicht!« und ähnlich stumpfsinnige Spiele mit unseren Kindern und genossen es sichtlich, auf dem Bauch am Boden zu liegen und vorübergehend ihren intellektuellen Standard zu vergessen. Der absolute Star aller Kinder im Haus aber war zweifelsohne Maureen, ein winziges, quengeliges Wesen, das Samanta zusammen mit John in die Welt gesetzt hatte

und unter allen Umständen zu einem Genie dressieren wollte. Kein Wunder, daß Maureen schon mit knapp zwei Jahren ein altes weises Gesicht hatte und mit hoher, gezierter Stimme sprach wie ein Erwachsener.
Samanta war felsenfest davon überzeugt, daß jedes ihrer drei Kinder genial begabt war. »Es ist so faszinierend zu sehen, wie sie sich entwickeln«, stellte sie fest und zauberte dabei einen hingerissenen, erstaunten Ausdruck auf ihr Gesicht. »Frank hat neulich ein brillantes Essay geschrieben. Als ich es las, dachte ich zunächst, es stamme von John, und der ist doch weiß Gott ein begnadeter Schreiber.«
Über Celia sagte sie: »Ich habe den besten Ballettlehrer Londons gebeten, ihr einmal beim Training zuzusehen. Ich weiß nicht, wie oft ich ihn angerufen habe, bis er endlich Zeit fand. Ich fürchte, ich bin ihm tatsächlich ein bißchen auf die Nerven gegangen. Aber dann war er von Celia fas-zi-niert! Er versicherte mir, sie sei eine außergewöhnliche Begabung. Wenn sich ihre Persönlichkeit ebenso entwickle wie ihr Tanztalent, dann stehe ihr eine große Karriere bevor.«
Als Celia cin Jahr später unbekümmert ihre Ballettträume aufgab und statt dessen in ihrer Freizeit hübschen Kunstgewerbeschmuck bastelte, fand Samy dieses neue Talent ihrer Tochter ebenso unglaublich. Und als Celia der bunten Steine und Silberringe überdrüssig wurde und zu malen begann, rahmte Samanta alle Bilder ein und hängte sie galerieähnlich zwischen den kostbaren, antiken Möbeln in ihrem Studio auf. Es ergab eine verblüffende Wirkung. Kaum ein Besucher

vergaß zu fragen, von wem der farbenfrohe Wandschmuck stamme, und jeder erhielt detaillierte Auskunft.
Am meisten Energie jedoch verwandte Samanta auf das intellektuelle Training von Maureen. Nachmittags, wenn ich mit meiner Schreibmaschine im Garten saß und versuchte, ein Interview mit Cliff Richard, Roman Polanski oder Tom Jones zu Papier zu bringen, pflegte Samanta mit Maureen auf dem Arm die drei Treppen von ihrer Dachwohnung herunterzukommen, auf dem Rasen eine Decke auszubreiten und darauf einen Stapel von Puzzle-, Zahlen- und Buchstabenspielen bereitzulegen.
»Schau, Maureen. Was ergibt das für einen Buchstaben, wenn ich die beiden Bilder zusammenlege?« schmeichelte sie. »So sieh doch her, du kennst den Buchstaben doch. Sag ihn mir! Willst du ihn mir wohl sagen. Mrs. L. wird denken, du bist ein ganz dummes, kleines Mädchen. Gestern hast du den Buchstaben ganz alleine herausgefunden. Es ist ein . . . ja! Ein B. Wunderbar. Ich hab's doch gewußt, daß du mein gutes, kleines Mädchen bist, und dies hier ist ein – E! Richtig! Sehr gut, Maureen.«
»Mami, ich will Ball spielen«, jammerte Maureen.
»Gleich, mein Schatz, gleich spielen wir beide Ball. Aber zuerst rechnen wir noch ein bißchen. Nicht wahr?«
Samanta schaffte es tatsächlich, daß Maureen mit drei Jahren kleine Bücher las und zweimal am Vormittag eine Vorschule besuchte, in die normalerweise nur

Fünfjährige aufgenommen wurden. Es war natürlich die teuerste und beste Schule dieser Art in ganz London und sicherlich die von Hampstead am weitesten entfernte. Samy brauchte jeweils eine Stunde, um Maureen mit dem Auto dort abzuliefern und wiederzuholen. Sie tat es klaglos.
Es bedurfte zuweilen großer Charakterstärke, zuzusehen, wie vor unseren Augen drei Kinder schwindelerregende geistige Höhen erklommen, während sich Michi und Christian unbeschwert und offensichtlich ohne größere Beunruhigung langsam, aber sicher zu Analphabeten zurückentwickelten. Zu zweisprachigen zugegebenermaßen.
Das lag nicht an St. Patrick's Junior School, sondern daran, daß unsere beiden Söhne der deutschen Rechtschreibung noch keineswegs mächtig waren, als sie mit der englischen Sprache konfrontiert wurden. Nachdem Mrs. Perkins Michi und Christian nicht gut einer Klasse von Fünfjährigen zuteilen konnte, wo sie die Grundregeln der englischen Schreibweise hätten lernen können, tasteten sich beide, als sie schon recht gut Englisch sprachen, immer noch nach außerordentlichen, eigenwilligen Vorstellungen durch die komplizierte englische Orthographie. Die deutsche vergaßen sie dabei nach und nach. Mit anderen Worten: Um richtig Deutsch schreiben zu können, waren unsere Söhne, als sie nach London kamen, noch zu jung, um richtig Englisch schreiben zu lernen, bereits zu alt.
Immerhin blieb uns der Trost, daß St. Patrick's Junior School, selbst nach Samantas strengem Urteil, zu den

sehr guten, um nicht zu sagen hervorragenden Knabenschulen Londons gehörte, was von ungeheurer Wichtigkeit zu sein schien.

So behauptete Samanta stets, die Tatsache, daß John nie eine Stellung finde, hinge damit zusammen, daß er nicht die richtige Schule besucht habe.

»Aber Samy«, erinnerte ich sie, »du hast mir immer erzählt, er habe das beste Abschlußexamen seines Jahrgangs in Oxford abgelegt.«

»Sicher«, seufzte Samy. »Aber die ersten beiden Volksschuljahre hat er in einer unbedeutenden Kleinstadt in Schottland absolviert. Das können sie ihm nicht verzeihen.«

Viel später, als John eine mittlere Direktorenstellung in einer Wäschefirma sowie die Lehrtätigkeit an einer kleinen Sprachenschule in rascher Folge gekündigt hatte und statt dessen ab und zu mit einem Musterband der Encyclopedia Britannica von Haus zu Haus ging, um Bestellungen zu sammeln – viel später keimte in mir der Verdacht, daß John trotz seines wundervollen Oxford-Englisch und seines glänzenden Äußeren einfach keine Lust hatte, regelmäßig zu arbeiten.

Im übrigen ist es mir trotz anhaltenden Bemühens niemals ganz gelungen, in die Eigenheiten des englischen Schulwesens einzudringen. Es gibt nur ein Teilgebiet englischer Lebensweise, das ich noch weniger, nämlich überhaupt nie begriffen habe: das sind die Regeln des Kricketspiels.

Für mich geschah auf den zahllosen Kricketplätzen, an deren Rand wir gelegentlich verweilten, immer dasselbe: Etwa ein Dutzend weißgekleideter Männer warfen ohne erkennbares Schema mit einem kleinen harten Ball um sich, fingen ihn manchmal auf, manchmal auch nicht, und zielten dann plötzlich ohne besonderen Anlaß auf einen ihrer Mitspieler, der in der begreiflichen Angst, von dem Ball getroffen zu werden, mit einem Stück Holz danach schlug und erschrocken wegrannte.

Christian wurde nie müde in dem Bemühen, mich in die innere Gesetzmäßigkeit dieses Geschehens einzuweihen.

»Sieh mal, es ist doch ganz einfach«, begann er geduldig. »Der Spieler mit dem Schläger schleudert den Ball so weit wie möglich von sich weg, damit er zwischen den kleinen Pfosten auf dem Spielfeld hin und her rennen kann, bevor ein Gegner den Ball hat.«

»Aha, und warum rennt er jetzt zum Beispiel nicht hin und her?«

»Er muß nicht. Er kann auch einfach stehenbleiben, wenn er Lust hat und wenn es ihm sicherer erscheint.«

»Dauern Kricketspiele deshalb so entsetzlich lange?«

»Ich denke schon. Im übrigen kann der Schläger zwar ruhig stehenbleiben, aber Punkte bekommt seine Mannschaft nur, wenn er rennt.«

»Wer von den Spielern gehört denn zu seiner Mannschaft?«

»Keiner.«

»Wieso, wo ist denn seine Mannschaft?«

»Die sitzt im Clubhaus und trinkt Tee.«

»Aber die können doch nicht einfach Tee trinken und ihren Mann ohne jede seelische Unterstützung ganz allein gegen alle anderen kämpfen lassen.«
»Das ist eben so«, seufzte Christian. »Die kommen erst heraus, wenn ihr Mann vom Platz muß. Dann geht die andere Mannschaft Tee trinken.«
Es war nutzlos. Ich begriff es nicht. Ich kam mir vor wie zu meiner Schulzeit, wenn sich meine beste Freundin verzweifelt bemühte, mir eine mathematische Formel zu erklären. Manchmal spürte ich, daß ich ganz dicht davor war zu begreifen, worum es ging. Und manchmal – aber sehr selten – geschah es auch, daß mir für eine flüchtige, wie vom Blitz erhellte Sekunde die Zusammenhänge zwischen x und y klar wurden. Aber diese Phasen der Erkenntnis erwiesen sich immer als kurzlebig und trügerisch. So kommt es, daß ich bis heute von Kricket nicht viel mehr weiß als dies: es ist ein sehr englisches Spiel, es dauert unendlich lange und es steigert den Teeverbrauch enorm.

9

»Gela, sieh dir nur das Gras an! Ist es nicht schrecklich?«

Samanta deutete mit einer dramatischen Geste auf den Garten hinaus, der im sanften Nachmittagslicht vor uns lag: eine weite, fast quadratische Rasenfläche, von hohen Bäumen umgeben und weit hinten von dichten Sträuchern und einem zerfallenden Bretterzaun begrenzt. Rechts lag an einem Abhang ein langgestrecktes Rosenbeet. Eine verwitterte Steintreppe führte zu einem Weg, der sich oberhalb des Beetes entlangzog, bis er sich am Ende des Gartens im Dickicht verlor. Am ausladenden Ast einer Platane hing an einer rostigen Kette eine Schaukel. Alles in allem war es ein romantischer, lieblicher Anblick.

»Was ist mit dem Gras, Samy?« fragte ich verständnislos.

Es war von sattem Grün, kein einziger Löwenzahn oder Breitwegerich störte das Ebenmaß der Halme, kurzum, in meinen Augen breitete sich vor uns das aus, was man am Kontinent ehrfurchtsvoll als englischen Rasen bezeichnet.

»Das Gras ist seit zwei Wochen nicht mehr gemäht worden«, verkündete Samanta mit Grabesstimme.

»Man möchte es nicht für möglich halten, aber es ist so!«
»Es kommen doch jeden Montag vormittag zwei Männer mit einer Mähmaschine!« wandte ich ein.
»Letzten Montag waren sie nicht da und den davor auch nicht«, seufzte Samy. »Wahrscheinlich hat Mrs. Miller sie nicht bezahlt, genausowenig wie die Putzfrau fürs Treppenhaus und den Gärtner. Sie bezahlt die Leute einfach nicht, und alles verkommt.«
»Aber Samy«, versuchte ich sie zu trösten, »der Rasen sieht doch wunderbar aus. Er ist noch ganz kurz. Wirklich!«
»O Gela, verzeih, aber ich fürchte, du kannst nicht beurteilen, wie ein Rasen aussehen muß. Jedenfalls nicht so.«
»Hallo, Gela, wie geht's?« rief mir Ray am nächsten Morgen zu, als er seine Milchflaschen hereinnahm. »Was s-sagst du zu unserem Rasen?«
»Ja, ich weiß nicht recht. Mir gefällt er.«
»Ha, seit zweieinhalb Wochen nicht gemäht. T-total verwildert. Möchte nur wissen, wohin das führen soll? Ein Sch-schandfleck in dieser Gegend!«
Ein paar Tage darauf klingelte Richard bei mir, um mir einen Eisschrank zu verkaufen. Ich sagte ihm, daß ich einen tadellos funktionierenden Eisschrank besäße.
»Gut«, lächelte er. »Ich will nicht aufdringlich sein. Aber hast du eine Ahnung, ob Jonathan vielleicht Geld in Investmentpapieren anlegen möchte?«
»Nein«, sagte ich, »soviel ich weiß, nicht.«
»Oh, das macht nichts. Ich werde bei Gelegenheit mal

wieder einen Sprung vorbeischauen.« Sein freundliches Gesicht strahlte. »Interessantes Bild da über der Couch«, bemerkte er. »Man sieht sofort, daß ihr beide Sinn für Bilder habt. Ich hätte da übrigens etwas sehr Hübsches für euch. Ein besonders günstiges Angebot, würde sich gut machen, über dem Fernseher zum Beispiel.«
O Gott, dachte ich. Der Irrsinnige mit dem Messer wird doch nicht eine Mona Lisa vergessen haben.
»Es ist ein sehr berühmtes Bild, weißt du, die Mona Lisa«, sagte Richard. »Ich könnte es dir sehr preiswert überlassen. Es stammt aus einem Restposten.«
»Tausend Dank, Richard, reizend, daß du daran gedacht hast, aber ich fürchte, wir können im Moment einfach keine Mona Lisa gebrauchen.«
»In Ordnung«, sagte Richard freundlich. »Ich kann ja später nochmals nachfragen.« Bevor er die Treppe zum ersten Stock hinaufging, wandte er sich nochmals um: »Schlimm, wie das Gras wächst. Seit drei Wochen nicht gemäht. Nun, ich kann es nicht ändern. Aber es tut einem richtig weh.«
»Ja, es wächst wirklich unglaublich rasch«, stimmte ich zu. »Ich glaube, Ray ruft mindestens zweimal am Tag Mr. Silver an, damit er etwas unternimmt.«
»Nun, hoffen wir, daß er Erfolg hat«, sagte Richard. »Und wie gesagt, wenn du dir die Mona Lisa einmal ansehen möchtest, du brauchst bloß raufzukommen.«
»Gern, Richard, sobald ich Zeit habe«, rief ich ihm nach.
Das Gras wuchs und wuchs. Nach zwei weiteren Wo-

chen fiel auch meinem ungeübten Auge auf, daß es sich enorm in die Höhe entwickelte. Wenn man den Garten durchqueren wollte, mußte man sich bereits eine richtige Trampelspur bahnen. Samanta hatte alle Mühe, nachmittags ihre Decke im Rasen auszubreiten, um darauf mit Maureen ihr tägliches intellektuelles Training vorzunehmen. Ich konnte meine Kaffeetasse längst nicht mehr neben dem Liegestuhl abstellen.

»Hübscher Urwald, in dem ihr da sitzt, Girls«, rief Ray und beugte sich aus seinem Küchenfenster.

»O Ray, du solltest nicht spotten. Es ist eine Schande, wie soll es nur weitergehen!«

»Ich habe mit Mr. Silver gesprochen. Er will zurückrufen«, sagte Ray und sog den Rauch seiner Zigarette tief in die Lungen. Ray vertrat den Standpunkt, frische Luft sei ungesund und auf dem täglichen Weg zu seinem Stamm-Pub atme er mehr als genug davon ein.

»Man sollte Mrs. Miller einen Brief schreiben«, sagte Samanta. »John schreibt wunderbare Briefe. Aber er ist so mit seinem Theaterstück beschäftigt!«

»Schreibt John ein Theaterstück?« erkundigte ich mich interessiert.

»Aber sicher! Schon seit Wochen. Ich glaube, in dieser Richtung liegt seine eigentliche Begabung. Ein Jammer, daß er soviel Zeit mit anderen Dingen vertan hat.«

Ray winkte uns zu und schloß sein Küchenfenster wieder.

»Ray hat nun wirklich nichts zu tun. Ich finde, er könnte sich um den Brief an Mrs. Miller kümmern«,

sagte Samanta vorwurfsvoll, raffte Lesebücher, Puzzles, Sonnenhut, Decke und Maureen auf den Arm und enteilte.
Kurz darauf klang eine Mozartetüde durch den friedlichen Nachmittag. Samanta gab Studenten des Konservatoriums Klavierunterricht, Oberschülerinnen Englisch- und Literaturunterricht, Sprachstudenten Französischunterricht. Abends übte sie am Flügel, um – wie sie sagte – konzertreif zu bleiben, noch später am Abend tippte sie neuerdings das Theaterstück ihres Mannes ab, der nie eine Stellung fand, weil er die falsche Schule besucht hatte. Ich bewunderte Samy aus tiefstem Herzen.
Zwei Wochen später verlief sich Maureen im Garten, weil ihr das Gras bis über die Schultern reichte. Sie schrie wie am Spieß, Michi und Christian kämpften sich zu ihr durch und zerrten sie zum Haus zurück. Zu diesem Zeitpunkt pflückte Samanta einen Grashalm und verkündete dramatisch: »Den werde ich als Muster aufbewahren.« Schließlich betrat niemand mehr den Rasen, einfach weil es unmöglich war, hindurchzuwaten. Ich quetschte mich mit Liegestuhl und Schreibmaschine an die Hauswand auf den schmalen Plattenweg, Samy unterrichtete Maureen auf der wakkeligen Holzbank vor Rays Küchenfenster. Lange, bittere Briefe wurden geschrieben, verworfen, neu formuliert, von Wohnung zu Wohnung zur Unterschrift gereicht, an Mr. Silver und Mrs. Miller abgeschickt, per Eilboten, per Einschreiben – es geschah nichts. Samanta pflückte jeden zweiten Tag einen weiteren Mu-

sterhalm. Eines Nachmittags fuhr Ray mit großem Getöse auf dem Kiesplatz vor unserem Haus vor und hupte anhaltend. Alle Hausbewohner rissen die Fenster auf und schauten hinaus.

»Hallo, Friends!« rief Ray triumphierend und deutete auf einen kleinen Anhänger, der an seinem Wagen befestigt war. Auf dem Anhänger stand ein Ungetüm von Motormähmaschine älteren Datums. »Ha-habe ich gemietet«, erklärte Ray stolz. John eilte herbei, Richard eilte herbei, und alle halfen Ray, das Ungetüm an den Mülltonnen vorbei in den Garten zu befördern. Zwei Stunden lang knatterte und stank es entsetzlich, während Ray sich von schwarzen Schwaden umwölkt seinen Weg durch den Rasen bahnte. Das Gras fiel in hohen Garben zu beiden Seiten nieder. Samanta und ich rafften es zusammen und warfen es in den hinteren Teil des Gartens. Wie oft sich die Mähmaschine verhedderte, der Motor abstarb und Ray gotteslästerliche Flüche ausstieß – wir zählten es nicht mehr.

Als Jonathan – seit langem das einzige männliche Mitglied der Hausgemeinschaft, das einer geregelten Arbeit nachging – abends heimkam, fand er alle Mieter in ungewohnter Harmonie und Vollzähligkeit im Garten lagernd vor. Samanta hatte einen Kuchen, den sie für Celias Geburtstagsparty gebacken hatte, geopfert, Ray Whisky und Bier herangeschleppt, ich hatte den für unser familiäres Abendessen gedachten Kartoffelsalat ins Freie getragen, und sogar Jessica, das scheue Reh, stand großäugig an einen Baumstamm gelehnt und nippte an einem Glas.

»Hallo, Jonathan, du mußt nicht denken, daß nur du gearbeitet hast«, rief Ray, wies stolz auf den Rasen und drückte ihm ein Glas in die Hand. »Tsch-tschiers«, sagte Ray, und Jonathan streifte seine Krawatte ab und mit ihr die Hitze und den Trubel in seinem kleinen Büro in Fleet Street und das nervtötende Getöse der Rush-hour von London.

Am nächsten Nachmittag lag ich gemütlich in der Sonne und blinzelte ab und zu träge auf meine Schreibmaschine, in die ein leeres Blatt gespannt war. In der anderen Ecke des Gartens aalte sich Samanta in einem winzigen Bikini auf ihrer Decke.

Plötzlich sah ich durch meine Sonnenbrille, daß Samanta sich heftig aufsetzte, die Arme vor der Brust kreuzte, das rechte ihrer bildschönen Beine an sich zog und in dieser ungemein graziösen, aber sicher unbequemen Haltung erstarrte. Ich folgte ihrem Blick und sah eine seltsame Gruppe um die Ecke des Hauses biegen. Voraus ging Ray, und zwar ging er rückwärts und in leicht gebeugter Haltung, so als wolle er einem orientalischen Potentaten seinen Weg durchs gemeine Volk bahnen. Ihm folgte ein großer, massiger Mann, der trotz des heißen Sommertages in einen korrekten schwarzen Mantel gehüllt war, einen Bowler auf hatte und einen Regenschirm überm Arm trug. In seinen anderen Arm eingehakt hing, mehr als sie ging, eine kleine, gebückte Frau. Sie stützte sich auf einen Krückstock, hatte einen abenteuerlichen lila Tüllhut auf ein Gewirr grauweißer Haare gedrückt und grell geschminkte Apfelbäckchen. Dazu trug sie einen weiten, altmodischen Satinmantel in verblaßtem Lila mit einer überdimensionalen künstlichen Blume am Revers. Sie kam mir vor wie eine Marionette, die an unsichtbaren Schnüren und viel zu weiten Kleidern ruckartig über eine Bühne gezerrt wird.

Die Gruppe hielt dicht vor Samanta inne. »Mrs. Miller, ich glaube, Sie kennen Mrs. Pe-pe-peterson vom ersten Stock«, stotterte Ray.

»Nicht, daß ich wüßte«, keuchte Mrs. Miller, schwer atmend.

»Nein, ich glaube nicht, daß wir bisher das Vergnügen hatten, uns zu begegnen«, flötete Samanta mit eisiger Höflichkeit, obgleich sie sich halbnackt und am Boden sitzend deutlich in unterlegener Position befand.

»Dieser Rasen«, keuchte Mrs. Miller, »ist, soweit ich sehen kann, tadellos gemäht. Tadellos! Ich möchte wissen, was die ganze Aufregung zu bedeuten hatte!«

Ray erklärte eifrig, daß der Rasen erst seit gestern wieder betretbar sei und sich zuvor in der Tat in einem skandalösen Zustand befunden habe. Mrs. Miller wedelte mit ihrem Stock durch die Luft und wandte sich an ihren heftig schwitzenden Begleiter.

»Mr. Silver, ist dieser Rasen gemäht oder nicht?«

Mr. Silver räusperte sich, wischte sich mit einem weißen Taschentuch das gerötete Gesicht ab und sagte vorsichtig, es sei durchaus zutreffend, daß dieser Rasen gemäht sei. Andererseits sei es ebenso zutreffend, daß die mit den Mäharbeiten beauftragte Firma irgendwann im Frühsommer ihre Arbeit eingestellt habe, weil sie niemals bezahlt worden sei.

»Ich finde es jedenfalls seltsam, eine alte Frau wie mich an solch einem heißen Tag hierher zu bringen, nur damit ich mich überzeugen kann, daß meine Mieter über einen tadellos gepflegten Rasen verfügen«, erwiderte Mrs. Miller.
»Aber ich könnte Ihnen Muster von Grashalmen zeigen . . .«, rief Samanta schrill.
»Mr. Silver«, sagte Mrs. Miller trocken, »bringen Sie mich zum Wagen zurück. Ich bin es gewöhnt, mich mit ordentlich und dezent bekleideten Leuten zu unterhalten.«
Damit zerrte sie den achselzuckenden, die Augen zum Himmel rollenden Mr. Silver mit erstaunlicher Energie davon. Ray folgte den beiden, eindringlich auf sie einredend. Es war zum ersten und zum letzten Mal, daß ich Samy ein Duell habe verlieren sehen, wenn auch zugegebenermaßen in bewundernswerter Haltung.
Am nächsten Montag stellten sich pünktlich zwei Arbeiter mit einer Mähmaschine ein. Monate später bemerkte Samy, häufig mit reizendem Lächeln: »Irgend jemand mußte ja Mrs. Miller mal richtig die Meinung sagen, nicht wahr? Wenn ich es damals nicht getan hätte, wäre der Rasen heute noch nicht gemäht.«

10

Am meisten liebte ich in Hampstead die vielen kleinen Läden, die rund um die U-Bahn-Station in der »High Street« und ihren winkligen Nebengassen lagen und daran erinnerten, daß Hampstead noch um die Jahrhundertwende ein Dorf war. Den Besitzern dieser rührend altmodischen Geschäfte, ihrer Freundlichkeit und ihrer nie erlahmenden Bereitwilligkeit, mir behilflich zu sein, verdankte ich es, daß ich mich so rasch in England heimisch fühlte.

Besonders die Bezeichnung für Petersilie und Blumenkohl konnte ich mir lange nicht merken. »Liebste«, pflegte der kleine dünne Gemüsehändler jedesmal geduldig zu sagen. »Liebste, you mean parsley, remember: parsley. Und das dort heißt cauliflower. Cauli-flower!« Daß Mr. Wriggler »darling« oder »my love« zu mir sagte, hat mich anfangs leicht erschreckt. Erst nach und nach wurde mir klar, daß man in englischen Geschäften, und zwar nicht nur in den kleinen von Hampstead, sondern auch in den riesigen, verwirrenden Einkaufsparadiesen wie »Selfridges« an der Oxford Street, gern mit Liebling, Liebste oder Teuerste angeredet wird, was vor allem aus dem Munde älterer Verkäuferinnen ungemein tröstlich und mütterlich klingt.

Zu meinen Lieblingsläden gehörte das winzige »Coffee- and Tea-Warehouse« von Hampstead, in dem ein langhaariges, schönes Mädchen in handgestickten Gewändern hausgemachte Marmelade, selbstgeschleuderten Honig und Dutzende von Kaffee- und Teesorten verkaufte, die sie nach Wunsch mischte. In der schmalen, gepflasterten Passage, die zum Post-Office führte, gab es eine kleine Schneiderei, die alle Arten von Änderungen ausführte, eine Passage weiter ein Ledergeschäft, in dem man zusehen konnte, wie die Taschen auf der Maschine genäht wurden. Dazwischen hatten sich zahlreiche Boutiquen eingenistet und natürlich Antiquitätengeschäfte jeder Größe und Preislage. Gleich an der Ecke zur Church Row mit ihren ehrwürdigen Häusern des 18. Jahrhunderts, dem kleinen unkrautüberwucherten Friedhof und dem köstlichen französischen Kellerlokal »Ciel du Midi« lag Mr. Harrisons Metzgerei.

»Hallo, meine Liebe, wo haben Sie heute Ihr Fahrrad geparkt?« pflegte er mir zuzurufen, wenn ich leicht schaudernd seinen Laden betrat.

In Deutschland sind Metzgereien auch in kleineren Vororten spiegelnde, kachelglänzende Tempel der Hygiene und Ordnung, in denen die verschiedenen Wurstsorten hübsch garniert in Reih und Glied hinter Glas liegen und das Fleisch in handlichen, appetitlichen Stücken an blitzenden Haken hängt. Nichts davon findet man in englischen Metzgereien. Sie sahen und sehen zumeist noch heute aus wie Mister Harrisons Etablissement: ein dick mit Sägemehl bestreuter Boden, an riesigen Haken halbe Schweinehälften, ungerupfte Truthähne, die blutigen Köpfe schaurig nach unten baumelnd, dazwischen auch gerupfte Hühner, noch mit Kopf und Klauen versehen, auf einem gewaltigen Hackstock ein Haufen Hammelkoteletts und eine Schüssel mit weißen Fettschwarten, in die von Fall zu Fall geschickt ein Stück Roastbeef eingerollt wird. Meist stehen noch irgendwo ein paar lieblos aufgeschichtete Kartons mit Eiern herum und natürlich Eimer voller Blut, Abfall und Gedärmen. Als ich Mr. Harrison schon besser kannte, fragte ich ihn einmal, warum er denn seinen Boden mit Sägemehl bestreue. »Damit das Blut aufgesaugt wird, love«, sagte er. »Wer möchte schon, daß seine Kunden in Blutlachen stehen.« Er wußte genau, daß ich den Anblick seiner blutigen Schweinsköpfe und Truthähne gräßlich fand, und nahm das mit gutmütigem Staunen als eine der vielen unbegreiflichen Eigenheiten hin, die »Continental people« nun eben einmal von Einheimischen unterscheiden.

Gegenüber von Mr. Harrisons Metzgerei gab es eine ungarische Konditorei, in der es das beste Gebäck und den stärksten »Continental-Coffee« Hampsteads, vermutlich sogar Londons, gab. Die Erdbeertörtchen und Petit fours von Louis wurden stets in winzige, rosaweiß gestreifte Kartons verpackt, so daß jeder, dem man begegnete, sehen konnte, woher man kam.

Das einzige moderne Lebensmittelgeschäft mit einer phantastischen Auswahl europäischer Wurst- und Käsesorten war ein Selbstbedienungsladen in der Hauptstraße, dessen unumschränkter Herrscher Mr. Tom war. Mr. Tom lieferte einem die Waren frei Haus, wie sonst hätte ich auch den Lebensmittelbedarf für eine vierköpfige Familie ohne Zweitwagen vom alten Dorf bis hinauf nach Redington Road, der Perle von Hampstead, transportieren sollen?

Und bei Mr. Tom wollte ich auch eines Tages Hefe kaufen. Meine Familie hatte den Wunsch geäußert, Dampfnudeln zu essen. Zu Hause hatte sich nie jemand etwas aus dieser bayerischen Spezialität gemacht – es mußte sich um einen Anfall von Nostalgie handeln. Nun denn, dachte ich, sollen sie Dampfnudeln haben. Mehl war im Hause, Zucker, Eier und Milch gab es, nur etwas fehlte mir: Hefe. Ohne Hefe keine Dampfnudeln! Also schlenderte ich gemütlich nach Hampstead hinunter und betrat Mr. Toms »Selfservice«, um Hefe zu kaufen. Als ich den Mund öffnete, fiel mir ein, daß ich das englische Wort für Hefe nicht wußte noch jemals gewußt hatte. Es wird im Englischunterricht bis zum Abitur nicht erwähnt, und auch die gehobene englische Unterhaltungsliteratur kommt völlig ohne das Wort Hefe aus. Ich sagte also zur nächsten Verkäuferin: »Ich suche etwas, das man zum Backen braucht.«

Sie war ganz Ohr.

»Es ist«, fuhr ich fort, »weiß und viereckig.«

»Backpulver«, schlug sie vor.

»Nein«, erklärte ich. »Kein Pulver, es handelt sich um etwas eher Festes und Viereckiges. Außerdem ist es von Papier umhüllt.«

Das Mädchen holte eine ältere Verkäuferin, diese holte Mr. Tom. Schließlich war ich vom gesamten Personal des Selfservice umringt und versuchte deutlich zu machen, was ich wollte.
»Sie will Mehl«, sagte jemand.
»Nein«, antwortete ich. »Nicht Mehl und nicht Backpulver, obgleich man es zum Backen verwendet. Man vermischt es mit Wasser, bevor man es benutzt, und es sieht weiß und viereckig aus, ein bißchen wie Käse.«
»Ah, Sie meinen Quark!«
»Nein, nicht Quark!«
»Ich weiß! Puderzucker«, rief jemand begeistert.
»Nein, auch nicht Puderzucker«, sagte ich niedergeschlagen. Dann versuchte ich es von neuem: »Es ist etwas, das den Kuchenteig groß und dick macht, so daß er über den Rand der Schüssel klettert.«
Allgemeines verständnisloses Schweigen. »Ich hab's, Liebste, ich weiß, was Sie meinen«, rief Mr. Tom plötzlich. »Das, was Sie möchten, heißt yeast!«
»O natürlich, sie will yeast! Hast du gehört, Mabel, Mrs. L. möchte yeast haben!«
»Yeast führen wir leider nicht«, teilte mir Mr. Tom dann mit. Sie müssen in Louis' Konditorei gehen. Dort bekommen Sie yeast.«
Nachdem ich mich herzlich bedankt hatte, kehrten alle erleichtert an ihre Arbeit zurück.
Ich überquerte die Straße, warf einen Blick ins Schaufenster von »Jenny's Boutique«, betrat Louis' Konditorei und sagte: »Ich möchte gerne . . .«

Pause, ich hatte das Wort vergessen. Es war einfach weg.
»Was möchten Sie, Liebste?« fragte die Verkäuferin.
Ich begann von neuem: »Es ist weiß und viereckig, man braucht es zum Backen, es ist von Papier umhüllt, man löst es in warmem Wasser auf . . .«
Nach längerer Zeit ging ein Leuchten über das Gesicht der Verkäuferin, sie brachte eine große braune Tüte aus Pergamentpapier, schüttelte eine Handvoll grauweißer Brösel und Brocken vor mich auf den Ladentisch und sagte: »Das ist yeast. Wollen Sie yeast haben?«
Ich nickte begeistert.
Hefe wird in England nicht in kleine, genau zwanzig oder vierzig Gramm schwere Würfel gepreßt, sondern zwanglos in großen Tüten aufbewahrt. Das war es, was ich hätte wissen sollen. Jetzt weiß ich es, und das Wort yeast wird mir geläufig bleiben, bis mich meine Urenkel danach fragen.

11

Eines Morgens im Winter erschreckte mich ein furchtbarer Knall, gefolgt von dumpfem Dröhnen und Poltern. Während die Scheiben unserer Erkerfenster noch leise klirrten, dachte ich: Jetzt ist endlich einer der lächerlichen Gasöfen explodiert, die für die sogenannte Zentralheizung unserer Wohnung zuständig sind und jeweils von der Küche aus den rührenden Versuch machen, die weitläufigen, hohen Räume zu erwärmen. In der Praxis sah dies so aus: beim Kochen war man einem rotglühenden, prustenden und blaffenden Monster ausgeliefert, dessen Hitzeentwicklung einem den Atem nahm, in der übrigen Wohnung wurden die zierlichen, messingfarbenen Heizkörper gerade so warm, daß die Finger nicht vor Kälte zurückzuckten, wenn man das Metall anfaßte. Mir wurde nie ganz klar, wohin sich die Hitze aus unserem Gasofen auf ihrem langen Weg zum Wohnzimmer, geschweige denn zum fernen Schlafzimmer verlor. Vermutlich hatte sie einfach keine Chance, sich durch die fingerdünnen Rohre zu zwängen, die an der Korridorwand entlang in sämtliche Räume führten. Wir überlebten den Winter eigentlich nur deshalb, weil jedes Familienmitglied seinen eigenen kleinen Elektroheizofen besaß, den man ständig wie einen Schoßhund mit sich schleppte und dort niederstellte, wo man sich gerade aufhielt. Meiner hieß Fifi.

Ray wurde nie müde, darauf hinzuweisen, welch ungewöhnlichen Komfort unsere Zentralheizung darstellte. »A-andere Häuser mit dieser Tra-tra-tradition haben noch offene K-kamine. Daher kommt es, daß England pr-praktisch ein Land von Rheuma- und Gichtkranken ist.«

Der Knall war aus der Richtung von Rays Wohnung gekommen. Ich stürzte ins Treppenhaus und klingelte bei ihm Sturm. Während ich mir bereits die entsetzlichsten Bilder ausmalte, Ray besinnungslos in den Trümmern seiner Küche, Ray mit letzter Kraft auf mich zuwankend, bevor er auf der Schwelle ohnmächtig zusammenbrach, öffnete er mir die Tür. Er war von oben bis unten mit Ziegelstaub und Mauerresten bedeckt, hielt einen gewaltigen Vorschlaghammer in der Hand, lachte mir herzlich entgegen und sagte: »Hahallo, Gela! Ich hab's geschafft. Komm herein und sieh dir's an. Die verd-dammte Wand hat endlich nachgegeben.«

Ich folgte ihm über Mörtelhaufen und Mauerbrocken durch weiße Staubschwaden dorthin, wo sich vorgestern noch die Wand seines Wohnzimmers samt einer herrschaftlichen Glastüre befunden hatte.

»Hübsch, nicht? Alles viel geräumiger jetzt«, strahlte Ray und schüttelte sich wie ein Hund im Regen.

»Ray, um Himmels willen«, stammelte ich. »Das ist ja grauenhaft. Was ist denn passiert?«

»Sch-schätze, du bist überrascht«, sagte er vergnügt und fingerte eine zerknautschte Zigarette aus seiner Hemdtasche. »Du weißt doch, daß ich seit einiger Zeit meine Wohnung umbaue, nicht wahr? Hier, die Baba-badewanne zum Beispiel habe ich ganz hinten u-unters F-fenster gerückt und das K-klo dafür nach vorne gesetzt. Auf diese Weise konnte ich einen el-elelektrischen Handtuchwärmer dazwischen anbr-ingen. Leider geht jetzt die Tür nicht mehr r-richtig zu, aber da fällt mir schon noch eine Lösung ein.« Ich nickte stumm. »Hier im Schlafzimmer sieht es noch etwas impr-impr-improvisiert aus. Da habe ich die Türe um einen Meter versetzt, damit man endlich einen von diesen pr-praktischen modernen Einbauschränken unterbringen kann.« Er ließ mich einen Blick in den Raum werfen, der früher einmal ein hübsches, benutzbares Schlafzimmer gewesen war. Die Tapete hing in Fetzen von der Wand, Elektrodrähte hingen frei von der Decke herab, auf dem zierlichen Toilettentisch häuften sich in wilder Unordnung alle Arten von Werkzeug.

»Ray«, sagte ich vorsichtig. »Ich finde die Idee mit dem Schrank großartig. Nur, wie kommt man jetzt ins Bett? Man muß sich ja praktisch an diesem Mauervorsprung vorbei hineinschleudern!«

»Kl-kleinigkeit«, winkte Ray ab. »Die Mauer wird noch weggeschlagen. Wenn Sheila zurückkommt, soll sie eine wirklich praktisch durchdachte Wohnung vorfinden.«

Ich schwieg eine Weile beeindruckt. »Und warum hast

du jetzt die Wohnzimmerwand eingerissen? Dein Wohnzimmer war doch genauso groß und geräumig wie unseres, nur eigentlich noch ausgewogener in den Proportionen.«

»Also, ich finde, es war einfach zu klein, um wirklich elegante Dinnerparties geben zu können«, sagte Ray und genoß die Wirkung dieses Satzes sichtlich.

Ich war platt. Ray, der Tag um Tag allein in seiner Wohnung saß, unermüdlich Bewerbungen schrieb und mit Ausnahme seiner regelmäßigen Besuche im Pub ein zurückgezogenes, von Whiskydunst angenehm vernebeltes Einsiedlerdasein führte, Ray wollte elegante Dinnerparties geben!

»Wenn ich die Wand jetzt zwei Meter weiter vorne wieder aufbaue und eine doppelte Flügeltüre einfüge, dann kann man bei Parties den Korridor miteinbeziehen«, erklärte er eifrig. »Du mußt dir das so vorstellen: hier wird das kalte Buffet aufgebaut, R-roastbeef und vielleicht ein bißchen K-kaviar – nicht zu viel natürlich, sonst sieht es übertrieben aus –, und dann, nach dem Essen, gehen die Gäste zwanglos durch die geöffnete Flügeltür, und die Damen wollen vielleicht ein bißchen tanzen – wirklich, es war hier einfach zu eng, als daß man am gesellschaftlichen Leben hätte teilnehmen können. Sheila hat immer sehr viel Wert auf gepflegte Geselligkeit gelegt«, fügte er hinzu.

Ich dachte an Sheila, die rotbackige, unbekümmerte, die in einer winzigen Mietwohnung an der Themse lebte und mit großer Energie Studium, Hausfreund, Kinder und Wochenendbesuche bei ihrem Mann unter

einen Hut brachte, Sheila mit ihrer geblümten Steppdecke, dem sorglos mit einem Gummiband nach hinten gerafften Pferdeschwanz und den strapazierfähigen Jeans, die von langen Waldspaziergängen und Bootsfahrten bei jedem Wetter zeugten.
»Bist du sicher, daß sich Sheila etwas aus großen Gesellschaften macht?« fragte ich Ray sanft.
»Kl-ar«, nickte Ray. »Was sie braucht, ist ein großzügiger, eleganter Rahmen. Sch-schätze, wenn ich ihr den biete, wird sie zurückkommen.«
»Und wann, denkst du, ist es soweit?«
»Wird w-wohl noch eine Weile dauern«, seufzte Ray. »Es ist ja noch eine Menge zu tun hier. Und dazwischen immer diese endlosen Briefwechsel und Telefonate mit den Firmen, die mich engagieren wollen. Hält enorm auf. Wollen alle k-keine anständigen Gehälter bezahlen. Nun ja, wenn ich mich dahinterklemme, denke ich, daß ich es in einem halben Jahr geschafft habe.«
Ray blickte befriedigt auf das Chaos ringsum. »In der Küche würde ich noch ganz gerne den Wasserboiler versetzen und einen elektrischen D-d-dunstabzug installieren. Und das Kinderzimmer . . .«
»Nein«, unterbrach ich ihn. »Nein, Ray, du darfst das Kinderzimmer nicht auch noch einreißen. Erstens müssen doch noch ein paar Mauern da sein, auf denen sich Jessicas und Richards Fußböden halten können, und außerdem muß es doch einen Raum geben, wo Sheila und die Kinder schlafen können, wenn sie zu Besuch kommen.«
»Halb so schlimm«, beruhigte mich Ray. »Ich habe mir

nur überlegt, daß man durch eine Zwischenwand im Kinderzimmer einen Raum für Gäste gewinnen könnte. Mir sch-schwebt da eine Möglichkeit vor, wie man durch eine Luke mit einem elekt-elektrischen Ventilator Frischluft hineinwirbeln könnte. Es gehört nun einmal zu einem geselligen Haus, daß späte Gäste einfach über Nacht dableiben.«

Ray schenkte mir ein Glas Whisky ein. Ich nahm es dankbar an und ließ mich damit auf dem Schutthaufen nieder, der vor einer Stunde noch eine etwa siebzig Jahre alte, solide Wand gewesen war. »Mir ist völlig schleierhaft, wie du das alles schaffst, Ray«, sagte ich matt. »So ohne jede Hilfe, ohne Handwerker. Ich meine, elektrische Leitungen und Wasserrohranschlüsse, das sind doch sehr komplizierte Dinge.«

»Ha«, sagte Ray amüsiert und wippte auf seine weltmännische Art locker auf den Fersen. »Du hast vermutlich Angst, ich könnte das Haus überschwemmen oder jede Menge K-kurzschlüsse verursachen. Da kann ich dich beruhigen, meine Liebe. Hast du schon mal was von ›do it yourself‹ gehört?« Ich nickte. »D-d-do it yourself – d-das ist das Rezept, wie man sich in diesen Zeiten mit den ewigen W-wirtschaftskrisen über Wasser hält«, sagte Ray. »Wer kann sich heute noch Handwerker leisten bei den horrenden Löhnen. Ich s-s-sage immer: wenn nur jeder in diesem Land kräftig zup-p-packen und richtig arbeiten würde – dann st-stünde es besser um das Empire.«

Bevor ich ihn verließ, versprach mir Ray noch, daß Jonathan und ich selbstverständlich Ehrengäste auf seiner ersten Party sein würden. »Ausländer m-machen sich immer gut bei s-s-solch einer Gelegenheit«, sagte er treuherzig. »N-nicht zu viele natürlich, aber ein paar. Das gibt so einer Gesellschaft einen gewissen ko-ko-kosmopolitischen Anstrich.«

Um es vorwegzunehmen: solange wir in Redington Road lebten, befanden sich die Wände, Türen und sanitären Anlagen in Rays Wohnung in ständiger Bewegung. Auf diese Weise konnten wir auch nie an einer von Rays geplanten Dinnerparties teilnehmen.

Die gab inzwischen Samanta in ihrer beengten Dachwohnung, wobei sie den Küchentisch in feierliches Kerzenlicht tauchte, im letzten Augenblick Schürze und Gummihandschuhe abstreifte, um dann im langen Kleid, von Küchendampf erhitzt zauberhaft anzusehen, eine ihrer raffinierten französischen Spezialitäten direkt vom Herd auf den Tisch zu bringen. John schenkte mit großer Geste Wein in die geschliffenen Kristallgläser, und jedermann vergaß spätestens nach dem ersten Bissen unter Samantas perlendem Gelächter, daß er zwischen einem schäbigen Eisschrank, einer vollgestellten Spüle und unter eine schräge Mansardendecke gequetscht auf einer simplen Küchenbank saß.

Nach dem Essen pflegte Samy mit mattem Aufseufzen den gesamten Abwasch ihren beiden älteren Kindern zu überlassen und ihre Gäste hinunter in ihr Studio zu geleiten. Dort kauerte sie zart und zerbrechlich auf einem niederen Sitzkissen in der Mulde ihres Flügels und wartete darauf, daß John mit seiner wunderschönen, tiefen Stimme sagte: »Ich glaube, Samy, jetzt würden wir alle gerne ein wenig Musik hören.« Man saß auf zierlichen Sesseln, schlürfte Kaffee, knabberte selbstgebackene Plätzchen und lauschte Samantas exquisitem Klavierspiel. Es dauerte immer gerade so lange, daß man sich wünschte, sie würde noch eine Weile weiterspielen.

Ein einziges Mal in der Vorweihnachtszeit gab Samanta eine Hausparty – natürlich ohne Dinner – für alle Mieter. Es war eine jener seltenen Zeitspannen, während derer zwischen keiner der vier Parteien Spannungen herrschten, jeder gern mit jedem redete und alle einander nett fanden. Diesem höchst gelungenen Abend verdanke ich einen antiken, goldgefaßten Rubinring, den mir Jonathan ohne jeden Anlaß schenkte und der, wie sich später herausstellte, auch gar kein antiker Rubinring, sondern eine ziemlich billige Imitation war. Richard zog ihn plötzlich aus der Westentasche, hielt ihn kennerisch ins Licht und sagte zu Jonathan: »Du hättest nicht Lust, ein bißchen Geld in Schmuck anzulegen. Dieser Ring hier ist ein altes Erbstück, wurde mir von Kunden in Kommission überlassen. Wirklich eine einmalige Gelegenheit. Sieh nur, wie hübsch er an Gelas Hand aussieht.« Er streifte mir den Ring über, ehe ich recht wußte, wie mir geschah. Der Ring sah tatsächlich hinreißend aus.

»Kostet nur 350 Mark. Geradezu geschenkt«, murmelte Richard.

Vielleicht war es Samantas Punsch, vielleicht auch, daß sich Jonathan nach den vielen abgelehnten Eisschränken, Investmentfonds, Lebensversicherungen und Mona Lisas endlich zu einer Geste des guten Willens verpflichtet fühlte – jedenfalls kaufte er den Ring auf der Stelle. Ich glaube nicht, daß Richard wußte, daß der Ring etwa 25 Mark wert war. Richard war einfach zu nett und liebenswürdig, um Freunde zu betrügen.

12

Es dauerte viele Monate, bis mir klar wurde, daß die Harmonie zwischen den Bewohnern des Hauses nicht ganz so ungetrübt war, wie ich es annahm.
»Ich bin glücklich, daß ich zwischen lauter so netten Menschen lebe«, sagte ich einmal zu Richard, der auf einen Sherry zu uns hereingeschaut hatte. »Ich glaube, man findet das ganz selten in einem Haus.« Er lächelte, hob mir sein Glas entgegen und sagte nachdenklich: »Du magst recht haben – aber die Geschichte mit Samanta und John, die finde ich doch sehr traurig.«
»Welche Geschichte?«
»Nun ja, ihr hört es wahrscheinlich nicht, weil ihr zur Straße hin wohnt, aber wenn John schlechte Laune hat, dann spielen sich zwischen ihm und Samanta fürchterliche Szenen ab. Er brüllt sie an, beschimpft sie auf abscheulichste Weise, schreit und tobt, als ob er nicht ganz zurechnungsfähig sei, und läßt kein gutes Haar an ihr. Sie keift dann zurück wie eine Furie und gebraucht Ausdrücke, daß es mir oft richtig peinlich ist. Du weißt ja, Jessica ist im Kloster aufgewachsen und auch sonst so sensibel.«
»Nein, das ist doch unmöglich«, sagte ich und schaute hilfesuchend zu Jonathan. »John, der edle, schöne John

mit dem wunderbaren Oxfordenglisch! Er trägt Samy doch stets Liegestuhl und Kissen in den Garten, hält ihr ritterlich die Autotüre auf und beteiligt sich sogar am Geschirrabwaschen.«

Ich hatte Jonathan mehrfach auf all diese beneidenswerten Angewohnheiten Johns hingewiesen.

»Ja, ich gebe zu, dies alles täuscht einen zunächst«, lächelte Richard. »Ich habe auch gar nichts gegen John Peterson. Wenn er nur aufhören wollte, seine Frau so schlecht zu behandeln. Auf der anderen Seite«, meinte Richard sinnend, »muß man John auch verstehen. Wenn man hört, wie Samanta ihn bis aufs Blut reizt und ihm all die bedeutenden Männer aufzählt, die vor ihr auf den Knien gelegen sind und um ihre Gunst gefleht haben, dann wundert einen nicht, daß John ab und zu die Nerven verliert und sogar handgreiflich wird. Manchmal macht es den Eindruck, als ob Samanta Johns Tobsuchtsanfälle geradezu herausfordert, als ob sie diese gräßlichen Auftritte richtiggehend genießt.«

»Mir ist dieses überhöfliche Geturtel zwischen den beiden immer ein bißchen verdächtig vorgekommen«, bemerkte Jonathan trocken. »Ich meine, welcher Ehemann ist schon so höflich zu seiner eigenen Frau?«

Ich warf ihm einen wütenden Blick zu, und nur Richards sanfte Stimme verhinderte, daß ich Jonathan meine Meinung über seine Meinung zum Thema Höflichkeit wissen ließ.

»Ja, ja, wer wird schon klug aus Samanta«, seufzte Richard. »Kürzlich habe ich an ihrer Tür geklingelt, weil ich mal unverbindlich anfragen wollte, ob sie sich nicht zu einem neuen Eisschrank entschließen kann – ihr kennt ja das vorsintflutliche Modell, das bei ihr unterm Dach steht. Also, ich klingele, Samanta öffnet die Tür und hat nichts an – überhaupt nichts!«

»Ach, das ist mir neulich auch einmal passiert«, unterbrach ich ihn. »Ich bin aus der Dusche gesprungen, weil ich dachte, es sei Jonathan, der seinen Schlüssel vergessen hat, dabei stand der Milchmann draußen. Ich habe die Tür vor Schreck so heftig zugeschlagen, daß er eine leere Flasche fallen ließ, der Ärmste.«

»Das ist es ja auch, was man in einem solchen Fall tut, nicht wahr«, bestätigte Richard erfreut, »die Tür zuschlagen. Aber Samanta tat nichts dergleichen. Sie lehnte sich vielmehr an den Türrahmen und begann sich mit mir über Eisschränke und Abzahlungsbedingungen zu unterhalten. Ich wußte überhaupt nicht, wohin ich schauen sollte, und versuchte mehrmals, mich taktvoll zurückzuziehen. Ich dachte an Jessica und die Jungen, die sich unmittelbar nebenan befanden und jeden Augenblick herauskommen könnten. Es war eine sehr prekäre Situation für mich, das könnt ihr mir glauben. Aber Samy tat einfach so, als ob überhaupt nichts wäre. Ich glaube, wir unterhielten uns zehn Minuten, dann bat sie mich auf einen Drink herein, und erst da gelang es mir, etwas von einer geschäftlichen Verabredung zu murmeln. Samanta flötete: ›Bye-bye, Richard, man kann so viel von dir über Eisschränke lernen‹, und machte endlich die Türe zu. Tja, wer wird schon aus Samanta klug.« Richard schüttelte sorgenvoll den Kopf mit den welligen grauen Haaren. »Einfach so nackt von oben bis unten und dabei ganz kühl und Lady vom Scheitel bis zur Sohle. Unbegreiflich – diese Frau!«

»Gela, Liebste, ich frage mich immer, wie man Jessica helfen kann«, sagte Samanta ein paar Tage später zu mir, als wir uns zufällig in Louis' Konditorei trafen. »Nicht, daß ich Jessica besonders schätze, sie ist ja nicht wirklich gebildet, nicht wahr? Was kann man auch von einer Klosterschule erwarten, noch dazu von einer italienischen! Aber sie tut mir trotzdem unendlich leid. Wußtest du, daß sie sich verzweifelt ein Kind wünscht? Nun mag es ja vielleicht besser sein, daß sie keines bekommt – so labil wie sie ist –, aber daß Richard ihr so etwas ins Gesicht schreit – das geht zu weit.«

Samy knabberte genüßlich an einem Törtchen und gab mir die Chance zu fragen: »Was schreit er denn?«

»Er ist tatsächlich so roh, daß er diesem armen zarten Geschöpf entgegenschleudert: ›Lieber kein Kind, als das Kind einer Schickse!‹« Samy machte eine wirkungsvolle Pause und fuhr dann fort. »Ich finde das nicht taktvoll von Richard, er hat schließlich von Anfang an gewußt, daß Jessica keine Jüdin ist. Dabei kümmert sie sich rührend um seine gräßlichen, ungehobelten Söhne. Das heißt, Larry haßt Jessica ja, weil sie die Ehe seines Vaters auseinandergebracht hat, dafür verstehen sich Tom und Jessica um so besser. Wenn ich Jessica nicht sehr, sehr gern hätte, dann würde ich sagen, es ist beinahe unverantwortlich zuzusehen, wie verliebt Tom in seine Stiefmutter ist. Und Richard, der

Ärmste, ist soviel unterwegs. Er sollte die beiden wirklich nicht so häufig allein lassen. Sieh doch bitte nicht so entsetzt aus«, schloß Samanta mit einem reizenden, schelmischen Lächeln. »Ich fürchte, ich hätte gar nicht mit dir über meine Sorgen sprechen sollen.«

»Ha-ha-hast du eigentlich gemerkt, daß Samy mich k-konsequent schneidet?« erkundigte sich Ray eines Tages bei mir.

Ich sagte, ich hätte nichts davon bemerkt.

»Reine Instinktsache«, erklärte Ray. »Wenn ich mich auf etwas verlassen kann, dann ist es mein Instinkt.«

»Warum sollte Samy dich schneiden?«

»Ich denke, ich weiß warum«, gab er mir mit vielsagendem Augenblinzeln zu verstehen. »Du mußt wissen, Samanta und John waren noch nicht verheiratet, als Sheila bereits von hier weggezogen war. Das ergab eine s-s-sehr knifflige Situation. Samanta erwartet von jedem Mann, besonders aber von einem Mann, der pr-pr-praktisch Junggeselle ist, daß er sie – nun sagen wir mal –, daß er sie spüren läßt, wie attraktiv er sie findet. Aber ich habe nun einmal keinen Augenblick daran gedacht, Sheila zu betrügen, und zeigte kein Interesse an Samanta. D-d-das ist etwas, was sie nicht verzeiht! Verst-ehst du jetzt, was ich meine?«

»Der arme Ray«, dröhnte John Peterson, während er und Samy mich ein Stück im Auto mitnahmen. »Es kann nicht angenehm sein, gänzlich vom Geld seiner eigenen Mutter zu leben. Ach, du wußtest nicht, daß ihm sein Auto gar nicht gehört? O nein, das ist nicht seines, das hat ihm die Mama geliehen – so nennt er das. Aber wie sollte er sich auch ein eigenes Auto leisten, seit Monaten stellungslos, keine Frau im Haus und ständig betrunken. Na, unser guter Ray ist und bleibt ein Lebenskünstler. Neulich hat er mir vorgerechnet, was er alles unternimmt, wenn Mami endlich unter der Erde ist.«

»Nein, John, das glaube ich nicht«, rief ich.

»Aber doch, jedes Wort ist wahr«, schaltete sich Samy vom Rücksitz aus ein. »Du darfst nicht vergessen, wir alle leben schon ziemlich lange in diesem Haus und kennen uns sehr, sehr gut.«

»Aber ich dachte immer, ihr mögt euch.«

»Aber das tun wir doch auch, nicht wahr, Johnny?«

Noch am selben Abend erfuhr ich von Jessica, sie fände es unwürdig, daß John Peterson Jahr um Jahr von Samantas Arbeit lebe. »Ein italienischer Mann würde sich lieber umbringen, als sich so zu erniedrigen«, versicherte sie mir mit ihrer eindringlichen Flüsterstimme, die immer ein bißchen heiser klang.

Ich war Jessica, was nur ganz selten geschah, im Treppenhaus begegnet, durch das sie meist nur wie ein lautloser Schatten huschte, und sie hatte mich zu sich hinauf gebeten. In ihrer riesigen, düsteren Wohnung waren alle Türen mit schallschluckendem, goldfarbenem Plastikmaterial gepolstert, an den Fenstern hingen dunkelrote, schwere Plüschvorhänge über üppig gerafften rosa Stores. Der superweiche Teppichboden, der jeden Schritt verschluckte, ja beinahe aufsaugte, war mit Blumenmustern übersät, überall lagen gehäkelte Deckchen und Sofakissen, es war eine schaurigschöne Mischung, die Jessica – wie sie mir stolz erklärte – selbst zusammengestellt hatte. Sie arbeitete übrigens, seit Richards Spielclubs gesetzlich verboten worden waren, gelegentlich als Dekorationsberaterin bei einem Einrichtungshaus. Ich fand das ziemlich beunruhigend. – Jessica kauerte wie üblich in einer Ecke, sog den Rauch einer Zigarette nach der anderen tief in die Lungen und hatte eine Tasse schwarzen, ungesüßten Kaffee vor sich stehen. »Ob du nicht ein bißchen mehr essen solltest?« fragte ich vorsichtig, um sie von John Peterson abzulenken.

»Tom, der gute Junge, sagt mir auch immer, daß ich zunehmen muß, aber ich hasse Speckfalten um meine Hüften«, erwiderte Jessica, stand auf und strich prüfend mit den Händen über ihren mageren Körper, der in einem rotkarierten Minikleidchen steckte. Mit ihren glühenden Augen, dem blassen Gesicht und den schwarzen, krausen Haaren sah sie aus wie eine frühreife Sechzehnjährige. Mir ist nie ganz klargeworden, ob sie diese Wirkung nicht beabsichtigte, nur um Richard noch fetter, grauer und gebeugter erscheinen zu lassen. Jessica ist mir, solange wir in London lebten, ein Rätsel geblieben. Ich glaube, sie war ein tiefunglücklicher, verstörter Mensch. Jeder Besuch bei ihr wurde zu einem strapaziösen, seelischen Wechselbad, aus dem man völlig erschöpft hervorging. Einmal vertraute sie mir an, daß sie bald sterben würde. »Ich bin unheilbar krank. Richard und die Ärzte geben es natürlich nicht zu. Aber ich weiß es, und es ist mir auch egal.« Sie starrte mich mit vor Schlafmangel rot entzündeten

Augen an, und ich fühlte mich hilflos und schwach vor Mitleid und wußte nicht, was ich sagen sollte.
»Siehst du da unten den Mann?« fragte sie mich ein anderes Mal mit ihrer stets etwas atemlosen, heiseren Stimme, zog mich ans Fenster und drückte sich tief in die üppigen Vorhangfalten.
Ich schaute auf die Straße hinunter und sah tatsächlich einen jungen Burschen, der eine Leiter über der Schulter trug und einen kleinen Plastikeimer in der Hand schwenkte. »Das ist sicher wieder ein neuer Gehilfe von Mr. Priceley, dem Fensterputzer«, sagte ich. »Er bringt ja beinahe jedesmal einen anderen jungen Burschen mit und erzählt mir dann, die jungen Leute hätten heute keine Lust mehr, hart zu arbeiten.«
»Das da unten ist kein Fensterputzer«, sagte Jessica mit ihrem seltsamen italienischen Akzent. »Das ist ein verkleideter Polizist. Er läßt unser Haus nicht aus den Augen. Schon seit drei Tagen. Natürlich ist es nicht immer derselbe. Sie lösen einander ab. Aber die Verkleidung ist immer die gleiche. Du verstehst, Fensterputzer – das sieht harmlos aus.«
Ich unterdrückte eine aufsteigende Unruhe und sagte: »Jessica, ich bitte dich, warum sollte die Polizei wohl unser Haus bewachen?«
»Wegen Richard«, flüsterte sie. »Er hatte Streit mit einem Geschäftspartner. Der ist schon einmal mit einem offenen Messer in den Garten eingedrungen. Seine Freunde rufen abwechselnd bei uns an und drohen damit, Richard umzubringen oder mich zu entführen.«
»Jessica, das kann doch nicht wahr sein!«

»Doch«, sagte sie. »Es geht um einen geplatzten Wechsel. Jetzt bedrohen sie uns ständig, auch nachts. Aber die Polizei wird nicht zulassen, daß sie uns etwas antun. Sie bewachen uns gut – du siehst es ja.«

Ich schaute nochmals hinaus auf Redington Road, die friedlich im Licht des späten Nachmittags lag. Ein grüner Bentley glitt lautlos den Hügel hinauf. Der kleine Junge, der zweimal am Tag seine Afghanen ausführte, trottete mit ihnen in Richtung Heide. Und weiter unten, an der Ecke beim Briefkasten, tauchte tatsächlich wieder der Mann mit der Leiter und dem Eimer auf, schlenderte langsam an unserer Hecke vorbei, machte nach etwa dreißig Metern kehrt und nahm denselben Weg zurück. Mir wurde ganz flau im Magen, so allein mit Jessica in dem düsteren Zimmer, aus dem sie entführt werden sollte.

Jonathan nahm die ganze Geschichte nicht ernst. Als ich aber Ray davon erzählte, sagte er eifrig: »H-halte ich durchaus für möglich. Richard ist der liebenswürdigste B-bursche, den ich k-k-kenne. Aber er macht gefährliche, unseriöse Geschäfte und legt seine Kunden aufs Kr-kr-kreuz, wo er kann. Nun, hoffen wir alle, daß Richard nichts geschieht. Gerade jetzt, wo er John Peterson einen Kredit verschaffen will. Ich würde mich ja nicht auf diese kr-kriminell hohen Zinsen einlassen, wenn ich John wäre. Aber das Wasser scheint ihm buchstäblich bis zum Hals zu stehen.«

Auf Rays Stirn erschienen tiefe Kummerfalten. »Eine Frau wie Samanta kostet eben Geld«, murmelte er sorgenvoll. »Sch-schätze, sogar ziemlich viel Geld.«

13

Die Straßen von Hampstead blieben lange Zeit ein verwirrendes Puzzlespiel für mich. Sie wanden und bogen sich auf überraschende Weise, wichen ständig von ihrer Richtung ab, waren durch winzige, gepflasterte Passagen und steile, italienisch anmutende Treppen miteinander verbunden, öffneten sich an den unerwartetsten Stellen zu kleinen Plätzen, veränderten plötzlich ohne ersichtlichen Grund ihren Namen und bildeten unregelmäßige Winkel und Ecken – kurzum, wann immer ich versuchte, einen Weg abzukürzen, oder – vom Charme der Gärten und Hausfassaden verlockt – einen kleinen Umweg zu machen, geriet ich in mir völlig unbekannte Gegenden oder endete weitab von meinem ursprünglichen Ziel. Es dauerte Wochen, bis mir soviel klar war: alle Straßen, die vom Kern Hampsteads in nördlicher Richtung hügelaufwärts führten, endeten in Hampstead Heath. Natürlich auch Redington Road. – Hampstead Heath, die Heide, ist ein weit hingedehntes, parkartiges Gelände, von alten Bäumen überragt, mit wildem Buschwerk bewachsen, mit Weihern und kleinen Seen gesprenkelt. Es bedeckt die ganze flache Kuppe des Hügels, an dessen Fuß sich das alte Dorf Hampstead schmiegt.

Am höchsten Punkt der Heide steht ein nobles, kleines Herrenhaus, ehemals Sommerhaus einer Londoner Adelsfamilie. Weiter unten, dort, wo die Heath Street in die breite schattige Heath Road einmündet, inmitten dieser vielbefahrenen Straßenkreuzung, liegt der »Pond«, ein niederer, steingefaßter Weiher, der zu unserer Zeit trotz seiner unglücklichen, verkehrsumtosten Lage ein beliebter Treffpunkt für jung und alt war. Im Sommer wateten den ganzen Tag Kinder darin herum und ließen Papierschiffchen schwimmen, im Winter schlitterten sie über seine weißbestäubte Eisfläche. Auf den unbequemen Bänken rund um den Pond saßen stets ein paar alte Damen und schauten lächelnd dem Treiben zu.

Von unserem Haus in Redington Road waren es nur ein paar hundert Meter bis zur Heide, und von dort erreichte man nach einer halben Stunde Fußweg das schönste Pub Hampsteads, den »Spaniard's Inn«. Das alte Wirtshaus mit den dicken Mauern war von einem bezaubernden Rosengarten umgeben, in dessen Nischen wetterfeste Tische und Bänke standen. Und es war eines der wenigen Londoner Pubs, in das wir die Kinder mitnehmen durften. Natürlich nur, solange sie sich im Garten aufhielten. Denn das gemütliche, holzgetäfelte Innere eines englischen Pubs ist für Kinder streng verboten, und zwar unter allen Umständen und in jeder Situation. Ich werde nie jenen eiskalten, klaren Herbsttag vergessen, an dem wir St. Albans, eine monumentale gotische Kirche dreißig Kilometer nördlich von London, besucht hatten. Nicht weit davon lag an einem kleinen Bach ein niedriges, windschiefes Fachwerkhaus, in dem wir ein Pub vermuteten. Als wir die Tür öffneten, schlug uns aus dem anheimelnden Halbdunkel der Duft von frischem Brot und Schinken entgegen. Wir waren die einzigen Besucher weit und breit und betraten aufatmend und bis auf die Knochen durchgefroren den kleinen Gastraum. Da fiel der Blick der grauhaarigen, beleibten Wirtin hinter der Theke auf Michi und Christian, die in ihren kurzen Schulhosen, zitternd vor Kälte, hinter uns standen. Sie schoß wie eine Rachegöttin zwischen ihren Gläsern hervor und wies unsere Söhne mit den Anzeichen äußersten Entsetzens hinaus. Wir versuchten das Herz der streitbaren Dame zu erweichen, wiesen auf die herrschenden Temperaturen, auf das zarte Alter der Kinder sowie das völlige Fehlen eines Augenzeugen hin. Es half nichts. »You know, it's against the law. I wouldn't do anything against the law.« – »Es ist gegen das Gesetz, ich kann nichts gegen das Gesetz tun«, wiederholte sie immer wieder.

Schließlich kauerten sich Michi und Christian auf die Holzstufen vor dem Eingang. Die Pub-Besitzerin wikkelte einen dicken, schwarzen Wollschal von ihren sicherlich rheumageplagten Hüften, breitete ihn umständlich über die nackten Knie der Kinder und brachte ihnen später zwei eigens für sie zubereitete Gläser mit heißem Tee hinaus in den pfeifenden Wind. »Die armen Kleinen. Wie kalt sie sind. Sie werden sich den Tod holen«, murmelte sie und schüttelte schwermütig ihr zottiges Haupt. Ins warme Gastzimmer hätte sie die

Kinder auch dann nicht gelassen, wenn sie vor ihren Augen zu Eissäulen erstarrt wären. Ebenso unmöglich wie diese Gesetzesübertretung wäre es der Alten wahrscheinlich gewesen, ihr Pub auch nur eine Minute über die gesetzlich erlaubte Zeit offenzuhalten, nämlich von 11 bis 15 und von 17 bis 23 Uhr. Jonathan behauptete steif und fest, die Tatsache, daß in der Fleet Street, Londons berühmter Zeitungsstraße, am frühen Nachmittag auffallend viele Journalisten angetrunken in ihren winzigen Büros sitzen, käme daher, daß sie durch die bloße Vorstellung, ab 15 Uhr kein Bier mehr trinken zu können, in Panik verfallen, kurz zuvor in die umliegenden Pubs stürzen und ein Glas nach dem anderen in sich hineinschütten. Von solcher Hektik war im »Spaniard's Inn« nichts zu spüren. Wer dort vor seinem Bierglas saß, hatte Zeit, hatte sich spätestens auf seinem Weg über die grünen Hügel von Hampstead Heath dem gemächlichen, ruhevollen Rhythmus angepaßt, in den alles Leben in der Heide eingebettet war.

An schönen Sonntagen standen entlang der Heath Road reihenweise geparkte Autos mit Sonntagsausflüglern. Sie lasen bei geöffneten Autotüren ihre Zeitung oder verzehrten belegte Brote und genossen den Blick auf die Heide. Als wir diese geparkten Autos zum erstenmal sahen, dachten wir, die Menschen darin würden auf irgendein besonderes Ereignis warten, einen Umzug oder etwas Ähnliches. Aber Ray versicherte uns, richtige Engländer, die sich ihren Sinn für die traditionellen Lebensgewohnheiten der Insel bewahrt hätten, würden niemals aus dem Auto steigen, wenn sie das Bedürfnis nach frischer Luft empfänden, egal, ob sie an einem Waldrand, an der Autobahn oder am Meer parkten. »Sch-schätze, daß es ihnen außerhalb des Wagens z-zu z-z-zugig ist«, meinte er. »Ihr dürft nicht vergessen, wir leben auf einer Insel. Da hat das Kl-kl-ima seine Tücken.«

Während des Sommers nistete sich in einer abseits liegenden Senke von Hampstead Heath ein kleiner Jahrmarkt ein, dessen altmodisches Karussell und struppige Ponies alle Kinder des Hauses liebten. Im Winter rodelten an den wenigen Tagen, an denen eine dünne Schneeschicht über der Heide lag, Kinder und Erwachsene die Hügel von Hampstead Heath hinunter und benahmen sich dabei wie toll vor Freude. Sie benutzten keine Schlitten, sondern rutschten auf runden Tonnendeckeln oder alten Pappschachteln über den Schnee. Als Michi und Christian mit ihren bayerischen Rodelschlitten am Hang erschienen, lösten sie eine Sensation aus. Im übrigen war einer der beiden Schlitten sofort verschwunden. Ich nehme an, daß er das Herz eines kleinen Engländers so völlig verzaubert hat, daß dieser der Verlockung nicht widerstehen konnte. Michi war hochbegeistert. Er fand es viel aufregender, wie die anderen auf einem Tonnendeckel Schlitten zu fahren.

Ihren größten Tag aber erlebte die Heide jedes Jahr am 5. November. An diesem Tag feierte ganz London das Andenken an einen Burschen namens Guy Fawkes, der im Jahre 1570 das britische Parlament in Flammen auf-

gehen lassen wollte, glücklicherweise aber in letzter Minute entdeckt und an seinem Tun gehindert wurde mit einem Freudenfeuerwerk. Schon Wochen vor dem Guy Fawkes Day tauchen an allen Straßenecken Londons Gassenjungen auf, die eine alte Jacke und eine zerfetzte Hose mit Stroh ausgestopft haben und die so entstandene Puppe auf einem Wägelchen hinter sich herziehen oder einfach an eine Hauswand lehnen. Sie strecken den Passanten die Hand entgegen und betteln mit dem Spruch »A penny for the Guy« um Geld für Feuerwerkskörper. Die Strohpuppen werden am Abend des 4. November überall auf den Straßen, in den Gärten und den Parks von London verbrannt.
In Hampstead Heath steigen am Guy Fawkes Day, sobald es dunkel wird, auf einer Wiese nahe dem Pond stundenlang Raketen in den Himmel, die sich in bunte, funkelnde Strahlenbündel auflösen. Es kracht und zischt, wohin man schaut, Feuerwerkskörper sausen einem um die Beine, Raketen knallen einem um die Ohren, kleine Kinder schwenken ungeniert gefährliche Fackeln und Flammenwerfer in den Händen, und in der Ferne liegt London wie ein rotes, dunstiges Meer, aus dem glitzernde Kaskaden zum Himmel sprühen.
Am nächsten Tag kann man regelmäßig in allen Morgenzeitungen lesen, wie viele hunderttausend Pfund die Engländer trotz der bedenklichen Wirtschaftslage wieder einmal in die Luft gepulvert hätten, sowie eine genaue Aufzählung aller Verletzten.
Wenn ich die Augen schließe und an Hampstead Heath denke, sehe ich dennoch nicht das Feuerwerk vor mir,

auch nicht den Jahrmarkt und nicht den verschneiten Rodelberg; wenn ich an Hampstead Heath zurückdenke, sehe ich eine sanft geneigte Wiese, in deren Mitte eine gewaltige Rotbuche steht. Unter der Rotbuche hatte sich eine Militärkapelle in schicken rotschwarzen Uniformen postiert und spielte zu den federnden Armbewegungen des Kapellmeisters Marsch- und Tanzmusik. Ringsum saßen friedliche Menschen in Liegestühlen. Wer keinen mehr bekommen hatte, lagerte auf der Wiese. Es war ein farbenprächtiges, fröhliches Bild, so als sei ein alter Stich lebendig geworden, unter dem in geschwungenen Buchstaben steht: »Sunday Morning in Hampstead Heath.«
Jonathan und ich schlenderten auf die Menschen zu und setzten uns in einigem Abstand ins Gras. Die Musiker hatten auf ihren Jackenärmeln und ihren Schildmützen die Buchstaben B.R.C. eingestickt, was ich sofort mit »British Royal Cavalry« übersetzte, es mußte sich um eine königliche Reiterbrigade handeln.
Als der letzte Marsch verklungen war, erhoben sich die Musiker von ihren Klappstühlen, der Dirigent holte weit aus, und über die Wiese klang majestätisch und in eindrucksvoll schleppendem Rhythmus die englische Nationalhymne. Sie wurde damals noch nach jeder Kino- und Theatervorstellung gespielt und setzte sogar den Schlußpunkt hinter Sportveranstaltungen. Jonathan und ich schauten uns um. Aus allen Liegestühlen waren die Menschen aufgestanden, verharrten aufrecht und ernst im Halbkreis und lauschten andächtig oder sangen mit: »God save our gracious

Queen, long live our noble Queen, God save the Queen . . .« Als sich auch noch die allerletzten Liebespärchen aus dem Gras erhoben hatten, saßen Jonathan und ich ganz allein auf der Wiese. Wir sahen uns fragend an und richteten uns dann ebenfalls zögernd auf. Und weil wir den Text der englischen Nationalhymne gerade ausführlich mit Christian für die Schule gepaukt hatten, sangen wir, ein bißchen verschämt zwar, aber laut und deutlich mit: ». . . send her victorious, happy and glorious, long to reign over us, God save the Queen.« Ich erinnere mich, daß ich durchaus die Komik der Situation empfand, mich aber dennoch ganz eins mit dem Geschehen fühlte und mir sehr englisch vorkam. Von da an wußte ich seltsamerweise, daß ich gerne für immer in London bleiben würde.

Später erfuhr ich, daß die Buchstaben B.R.C. nicht »British Royal Cavalry« bedeuteten, sondern ganz schlicht: »British Railway Company«. Jonathan und ich hatten unsere vaterländischen Gefühle für England bei den Klängen einer braven Eisenbahnerkapelle entdeckt.

14

St. Patrick's war nicht nur eine beinahe erstklassige Knabenschule, wie mir Samanta immer wieder versicherte, wobei sie nie vergaß, das »beinahe« zu betonen, sondern auch eine überaus englische. So jedenfalls erschien es Jonathan und mir. Mr. Page, der Headmaster von St. Patrick's Junior School, sah mit seinem rotblond gelockten Löwenhaupt und den mächtigen Schultern, die er mit Vorliebe in ein abgewetztes, zwei Nummern zu kleines Tweed-Jackett zwängte, wie ein sommersprossiger, junger Riese aus, der sich durch einen seltsamen Zufall in den engen, verschachtelten Räumlichkeiten von St. Patrick's verlaufen hatte.
Früher war er einmal Leichtathletik-Champion seines Colleges gewesen, und er nahm das sportliche Training der ihm anvertrauten Schüler entsprechend wichtig. Gelegentlich begegnete mir an heißen Sommernachmittagen in Hampstead Highstreet ein langsam dahintrottender Zug von dreißig oder vierzig St. Patricks' Juniors, die graugrünen Wollstrümpfe heruntergerutscht, die blauen Schulblazer schlaff über den Schultern oder Armen hängend, die Schulmützen schief auf den schweißnassen Haaren und auf dem Rücken den weißen Sportsack. Sie kamen den langen Weg von

Hampstead Heath herunter, wo sie ihr Kricket- oder Fußballtraining absolviert hatten. Manchmal erkannte ich ganz hinten Michi mit trotzig vorgeschobenen Lippen, aus der Hose gerutschtem Hemd und erdverkrusteten Knien. Anfangs hatte ich gewinkt und versucht, ihm etwas Aufmunterndes zuzurufen, aber ich hatte keinen Erfolg damit. Michi drehte sich nicht einmal nach seiner Mutter um. Vermutlich kämpfte er mit den Tränen – zumindestens während der ersten Wochen, als er täglich acht endlose Stunden mit lauter fremden Kindern zusammen sein mußte, die ihn nicht verstanden und mit denen er nichts gemeinsam hatte – vermutlich wäre er am liebsten aus seiner Dreierreihe ausgebrochen und auf mich zugestürzt, aber er ließ es sich nicht anmerken. Nicht ein einziges Mal. Während Christian sich schnell und mühelos in seiner neuen Klasse zurechtfand und bereits am dritten Tag das ältliche, verknitterte Fräulein Page damit entzückte, daß er zu ihr ins Sekretariat rannte und das halbe Dutzend englischer Wörter, das er gelernt hatte, zu der Frage nach einem Fußball zusammenfügte, hielt sich Michi lange Zeit abseits.

Er pflegte neue Dinge und Menschen, die ihm begegneten, mit Skepsis zu beobachten und gründlich abzuwägen, ob es lohnte, sie zu akzeptieren. Während seiner ersten Zeit in St. Patrick's konnte er abends oft lange nicht einschlafen. Wir versuchten ihm den Übergang in eine völlig veränderte Welt zu erleichtern so gut wir konnten, aber letztlich mußte er doch alleine damit fertig werden.

Michi sprach übrigens von Anfang an englisch, mit dem unverkennbaren Akzent der upper class. John und Samanta wurden nicht müde, diesen erstaunlichen Vorgang zu würdigen. »Du weißt gar nicht, was du für ein Glück hast«, pflegte John zu Michi zu sagen. »Es gibt Engländer, die besuchen Jahre über Jahre Public Schools und teure Universitäten, nur um diesen ganz gewissen Oxford-Akzent zu erreichen, und schaffen es trotzdem nicht. Mit deinem Englisch werden dir eines Tages alle Türen offenstehen.«

»Really? Is that true?« schniefte Michi höflich durch die Nase und hatte keine Ahnung, wovon die Rede war.

Christian hatte es insofern schwerer, als in seiner Klasse bereits Französisch auf dem Lehrplan stand. Eine fremde Sprache in einer Sprache zu lernen, von der man keine Ahnung hat, ist nicht ganz einfach. »Le nuage – the cloud«, murmelte er zum Beispiel stirnrunzelnd vor sich hin, wenn er Vokabeln lernte, und fragte dann plötzlich: »Hast du eine Ahnung, was cloud heißt?«

Die Erziehungsprinzipien von Headmaster Page verbanden Tradition und Fortschritt auf verblüffende Weise.

Einerseits wurden schon die Sechsjährigen dazu ermutigt, Gedichte in Versform oder freien Rhythmen zu schreiben, andererseits gab es in St. Patrick's noch eine Art Prügelstrafe. Sie wurde vollzogen, indem der jeweilige Lehrer sogenannte »smacks« austeilte, die er dem Schüler mit der flachen Hand auf die Rückseite des

bloßen Oberschenkels schnalzte und die abscheulich weh taten. Der Delinquent hatte allerdings die demokratische Freiheit, nach Wahl seinen rechten oder linken Oberschenkel zur Verfügung zu stellen.
Michi sammelte aufgrund seines Dickkopfs in St. Patrick's Junior School zahllose »smacks« ein, am meisten von Mrs. Pudlet, seiner ersten Lehrerin, die Figur und Stimme eines Dragoner-Leutnants besaß und Michi trotz oder wegen seines Eigensinns fest in ihr Herz geschlossen hatte. Wenn er sichtlich gelangweilt kleine Papierbällchen durchs Fenster schnippte, anstatt zu versuchen, den einen oder anderen Brocken Englisch zu verstehen, rief sie ihm drohend zu: »I send you back to Dusseldorf!« Worauf Michi jedesmal rot vor Wut antwortete: »I am not from Düsseldorf, I am from Munich and you should know it.«
Ein paar Wochen nach ihrem Eintritt in St. Patrick's brachten die Kinder einen Brief des Headmasters mit nach Hause, in dem er die Eltern für den nächsten Donnerstag pünktlich um acht Uhr zu einer kurzen Besprechung einlud. Das Wort »pünktlich« war unterstrichen, was Jonathan sehr vernünftig fand, denn eine Stunde später, um neun Uhr, begann ja bereits der Unterricht, und in der Schule würde es von Kindern wimmeln.
Wir standen an jenem Donnerstag zu ungewohnt früher Stunde auf, ließen das Frühstück ausfallen und ermahnten Michi und Christian, die sich noch in ihren Betten aalten, uns pünktlich in der Schule abzulösen. Diese Mahnung sollte sich als gänzlich überflüssig

herausstellen. Als wir genau eine Minute vor acht Uhr ziemlich atemlos vor dem menschenleeren Schulgebäude eintrafen und durch mehrere nach Kohl und kaltem Fett riechende Gänge in den Schulhof gerieten, fanden wir dort nur den rotgesichtigen Mister Upperdale vor, ehemaliger Kavallerieoffizier Ihrer Hoheit der Königin, seit einem Unfall Mathematik- und Sportlehrer der Junioren von St. Patrick's. Er hüpfte in kurzem Sporthöschen rhythmisch über ein Seil und brach in herzliches Lachen aus, als wir uns erkundigten, wo die kurze Elternbesprechung stattfände.

Das Treffen finde selbstverständlich erst abends um acht Uhr statt, ließ er uns wissen. Jonathans Einwand, daß es am Kontinent üblich sei, bei offiziellen Einladungen acht Uhr abends mit 20 Uhr zu bezeichnen, um Mißverständnissen vorzubeugen, quittierte Mister Upperdale mit einem erstaunten: »Indeed?«

Abends, im Gedränge zahlreicher Eltern, die kleine Sherry-Gläser in der Hand und praktische Namenszettelchen an der Brust trugen, ließ es sich der Headmaster nicht nehmen, launig auf jenes kontinentale Elternpaar hinzuweisen, das bereits morgens um acht Uhr zur Stelle gewesen war.

»Wie man mir sagte, heißt acht Uhr am Kontinent 20 Uhr«, rief er in das allgemeine Schmunzeln. »Dann sagt man dort statt elf Uhr vermutlich 23 Uhr und statt zwölf Uhr 24 Uhr«, fuhr er fort und rieb sich die großen, sommersprossigen Hände vor Vergnügen über diesen witzigen Einfall.

Mit Michis Hilfe konnten wir im weiteren Verlauf des

Abends unser lädiertes Ansehen wiederherstellen. In der neuesten Ausgabe der St. Patrick's News, einer Schulzeitung, die überall zur Ansicht auflag, war unter vielen anderen Gedichten, Aufsätzen und Zitaten von Schülern auch ein Absatz abgedruckt, den Michi über die Tätigkeit seines Vaters verfaßt hatte. Aus Michis holperigem Englisch übersetzt, lautete er so: »Mein Vater arbeitet in einer wichtigen Zeitung. Er hat ein hübsches Büro mit vielen Telefonen und zwei nette Mädchen, die den ganzen Tag abwechselnd auf ihm sitzen. Mein Vater telefoniert eine ganze Menge. Seine Mädchen bringen ihm eine Menge Kaffee.«
»Ihr Mann muß ein Nabob sein«, sagte eine unauffällige Schülermutter lächelnd zu mir und legte die Zeitung auf den Tisch zurück. Sie war – wie ich später erfuhr – die Erbin der größten Kaufhauskette Englands und mehrfache Millionärin.
Eines Abends saß Christian verzweifelt über seinem Rechenheft und versuchte verschiedene Summen aus Pennies, Pfund und Guineas zusammenzuzählen, eine Aufgabe, die ich, solange ich in London lebte, niemals lösen konnte, jedenfalls nicht schriftlich. Nachdem wir gemeinsam immer irrwitzigere Zahlen errechnet hatten, warf ich den Bleistift hin und rief ungeduldig: »Sag Mister Upperdale, es lohnt sich überhaupt nicht mehr, das alles zu lernen. Sobald England in die EWG eintritt, wird hier sowieso das Dezimalsystem eingeführt.«
Am nächsten Tag berichtete Christian, er habe meine Worte an Mister Upperdale weitergegeben.

»Und was hat er gesagt?«
»Er hat gesagt: Erstens ist es außerordentlich zweifelhaft, ob Großbritannien je in die EWG eintreten wird. Zweitens: Falls sich Großbritannien je zu diesem Schritt entschließen sollte, würde es mit größter Wahrscheinlichkeit nicht auf das Dezimalsystem des Kontinents übergehen. Die übrigen europäischen Staaten würden vielmehr das englische Geldsystem wie auch die englischen Maße und Gewichte übernehmen.«
Mr. Upperdale meinte das vollkommen ernst. So englisch war man in St. Patrick's Junior School.
Die meisten Kinder, die St. Patrick's besuchten, gehörten der Upper Class an, das heißt, ihre Eltern waren steinreich. Wenn Christian von einer der beliebten Kinderparties bei einem Schulfreund zurückkam, erzählte er etwa folgendes: »Also, bei denen sind die Wände mit Samt tapeziert, und durch den Garten fließt ein richtiger Fluß, und es gibt da einen Tennisplatz und einen Swimming-pool und jede Menge Ponys. Und weißt du was? Wenn man den Kakao auf den Teppich schüttet, macht das überhaupt nichts, weil das deutsche Au-pair-Girl alles gleich wieder aufwischt.« Glücklicherweise waren unsere Kinder noch in einem Alter, in dem sie diese Eindrücke von äußerstem Luxus ziemlich kühl ließen.
Als Michi einmal einen Freund zu Besuch hatte – der Chauffeur hatte ihn abgeliefert –, wurden Samanta und ich im Garten Zeugen folgenden Gesprächs:
Mike: »Komm, laß uns Pfeil und Bogen spielen!«

Michi: »Geht nicht. Ich habe keine Pfeile mehr.«
Mike: »Warum sagst du's nicht euren Gärtnern?«
Michi verständnislos: »Welchen Gärtnern?«
Mike: »Na, welchen schon, euren natürlich! Wenn ich keine Pfeile mehr habe, sage ich's einfach unseren Gärtnern. Einer hat immer Zeit und schnitzt mir so viel ich will.«
»Hast du das gehört, Gela?« rief Samanta klagend. »Jetzt siehst du selbst, daß uns Mrs. Miller die selbstverständlichsten Voraussetzungen vorenthält, die für das Leben in solch einem Haus und in solch einem Viertel nun einmal notwendig sind. Gärtner! Ha! Ich möchte wissen, wann diese Wildnis hier zum letztenmal einen Gärtner gesehen hat!« Ihre Augen funkelten, zarte Röte stieg in ihr schmales, edel geformtes Gesicht. Im Gegensatz zu den meisten anderen Frauen kleideten Wutanfälle Samanta hervorragend.
»Aber Samy«, versuchte ich sie zu beruhigen. »Seit ein paar Wochen kommt doch jeden Mittwoch abend dieser nette, kleine Italiener, der immer zwischen den Büschen herumkriecht und alles abschneidet, was er erreichen kann.«
»Ja, ich weiß, Signor Angelino«, sagte Samanta mit schneidender Ironie in der Stimme. »Weißt du, was er von Beruf ist? Er ist Metzger, jawohl, Metzger, und seine Bemühungen um das Rosenbeet sind ja auch danach. Für einen richtigen Gärtner ist Mrs. Miller viel zu geizig.«
»Ach, Samy«, meinte ich friedfertig. »Ich finde unseren Garten wunderschön, auch wenn er vielleicht ein

bißchen verwahrloster aussieht als die anderen Gärten ringsum. Erinnere dich doch an die vielen Narzissen, die im Frühling am Zaun entlang geblüht haben, und an die Tulpen. Sicher werden auch bald die ersten Rosen aufgehen, egal, wie Signor Angelino sie behandelt.«

»Die Narzissen und die Tulpen habe ich alle gepflanzt«, verriet mir Samanta. »Ich habe die Zwiebeln mit meinen eigenen Händen in die Erde gegraben und sie gegossen und gedüngt und das Unkraut gejätet. Ich allein werfe mich seit Jahren mit meinen schwachen Kräften dem Chaos entgegen, in dem dieses Haus und dieser Garten sonst untergingen. Ich weiß nicht, warum ich es tue, aber ich kann einfach nicht anders. Ich schrubbe das Treppenhaus, ich grabe die Beete um, ich halte die Mülltonnen in Ordnung . . .«

»Halt, Samy«, unterbrach ich sie. »Die Mülltonnen halte ich in Ordnung, wie du weißt. Jedenfalls seitdem ich in Redington Road wohne.«

15

Es gibt Freunde von uns, die behaupten heute noch, Jonathan habe den Korrespondenten-Posten in England nur angenommen, um jeden Samstag zu einem der berühmten Fußballstadien Londons pilgern zu können, nach Wembley etwa oder zu Arsenal.
Natürlich ist das eine schamlose Übertreibung, wenngleich Jonathans späte Fußballeidenschaft zugegebenermaßen eines der ungeklärten Rätsel unseres gemeinsamen Lebens geblieben ist. Sie brach eines Tages ohne jede Vorwarnung aus, einem Schnupfen oder einer Grippe nicht unähnlich, ließ ihn aber im Gegensatz zu diesen nie wieder los. Christian und ich blieben gegen Jonathans Fußballvirus immun, Michi hingegen ließ sich rasch und gründlich davon anstecken. Wann immer sich am Wochenende Gelegenheit dazu bot, marschierten Vater und Sohn gemeinsam zu irgendeinem Fußballspiel, egal ob es sich um eine namhafte oder eine unbedeutende Vorstadtmannschaft handelte; manchmal schafften sie sogar zwei Spiele an einem einzigen Nachmittag.
In London liefen diese gemeinsamen Fußballausflüge unter leicht veränderten Umständen ab. Während Jonathan eine Stunde vor Spielbeginn zur U-Bahn nach

Hampstead hetzte, wurde Michi eine Viertelstunde später von seinem Klassenkameraden Broomy abgeholt, und zwar in einem tadellos gewienerten Rolls-Royce, der von einem Chauffeur mit Schildmütze und silbernen Schnüren an der Jacke gesteuert wurde. Gelegentlich überholte Michi auf diese Weise seinen Vater in Hampstead Highstreet und unterließ es nie, ihm freundlich durchs Rückfenster zuzuwinken.
Ich erinnere mich noch an den Abend, als Jonathan von seinem ersten Spiel bei Arsenal nach Hause kam. Wenn ich mich nicht irre, kämpfte Arsenal gegen Chelsea, vielleicht war es auch Tottenham, jedenfalls handelte es sich um ein wichtiges Lokalderby, und alle Zeitungen waren Tage im voraus voll davon.
»Wie war's«, fragte ich Jonathan, als er sich in seinem Lieblingssessel niedergelassen hatte. »Unglaublich«, sagte er. »Einfach unglaublich. Ich habe nicht gedacht, daß so etwas irgendwo auf der Welt möglich ist.«
»Wer hat denn gewonnen?«
»Wieso gewonnen?« erwiderte Jonathan geistesabwesend. »Ach so, du meinst das Spiel! Ich glaube, Arsenal mit 3:2 oder sogar 4:2, na ja, ist ja auch egal. Es war eben ein Fußballspiel, weiter nichts. Aber was ich danach erlebt habe, als das Spiel zu Ende war, das hat mich geschafft. Das kann ich einfach nicht fassen.«
Ich war beunruhigt. Normalerweise gab mir Jonathan eine liebevolle Beschreibung aller Fouls, Elfmeter, Ekken und Abseitsstellungen, bevor er sie in der abendlichen Sportschau im Fernsehen nochmals miterlebte.

Etwas Außergewöhnliches mußte ihm zugestoßen sein, daß er dies heute unterließ.
»Du mußt wissen«, sagte Jonathan kopfschüttelnd, »das Stadion faßt etwa 50000 Menschen, davon kommen gut und gerne 40000 mit der U-Bahn. Jetzt stell dir bitte vor: das Spiel ist vorbei, 40000 begeisterte, fahnenschwenkende Menschen strömen aus dem Stadion und wollen mit der U-Bahn nach Hause fahren. Die nächste Station liegt ungefähr 200 Meter entfernt und ist einer dieser kleinen altmodischen Bahnhöfe, deren Eingang nachts mit einem Scherengitter verschlossen wird. Was, meinst du, passiert in dieser Situation?« – »Na, was schon«, erwiderte ich. »Es gibt ein unvorstellbares Durcheinander, ein Chaos, in dem jeder jeden schubst, drängelt, zur Seite boxt. Die Leute brüllen sich an, der gesamte Verkehr auf der Straße stockt, Autos hupen, Frauen kreischen – es muß furchtbar gewesen sein. Jetzt verstehe ich auch, warum du so außer dir bist. Komm, trink erst mal einen Sherry zur Erholung.«
»Siehst du, genauso habe ich mir das auch vorgestellt«, nickte Jonathan nachdenklich und drehte das Sherryglas zwischen seinen Fingern. »Schließlich ist es überall auf der Welt so, wo sich riesige Stadien entleeren und Menschenmassen auf eine Art Nadelöhr zuwälzen, durch das sie hindurch müssen. Aber weißt du, was bei Arsenal passiert ist?« – Ich war ganz Ohr.
»Nichts«, sagte Jonathan. »Überhaupt nichts. Das ist ja gerade das Unbegreifliche. Am Ausgang des Stadions warteten zwei freundliche, berittene Polizisten,

die die Herausströmenden mit ein paar Handbewegungen auf den gegenüberliegenden Gehsteig winkten. Dort bewegten sich die Leute langsam in ordentlichen Viererreihen auf die U-Bahn-Station zu. Nicht einer ging auf die Straße herunter oder drängte sich nach vorn. Nichts dergleichen. Ab und zu hielten die Polizisten den Menschenstrom, der die Straße überquerte, an, um die Autos passieren zu lassen. Und weißt du, was dann geschah? Als der Gehsteig von der U-Bahn-Station bis zum Stadionausgang mit Menschen aufgefüllt war, gingen die Nachkommenden ganz selbstverständlich zum Ende der Schlange, das heißt, sie bewegten sich von ihrem eigentlichen Ziel, der U-Bahn, weg und marschierten so lange in entgegengesetzter Richtung an den Wartenden vorbei, bis sie sich am Ende der Schlange einreihen konnten. Die letzten, unter denen ich war, mußten etwa einen halben Kilometer gehen, bis sie das Ende der Schlange erreicht hatten. Ich dachte zuerst, ich sehe nicht recht. Ich fragte mich, warum trotten denn all diese Menschenmassen friedlich in die verkehrte Richtung. Dann erst begriff ich das Prinzip. Und du wirst es nicht für möglich halten, nach 25 Minuten waren die Vierzigtausend verschwunden. Ohne Stau, ohne Gedränge, ohne Hysterie, ganz einfach, indem sie eine lange, ordentliche, sich stetig fortbewegende Schlange gebildet hatten. Unbegreiflich«, murmelte Jonathan und trank seinen Sherry mit einem Schluck aus. »Und das alles mit zwei Polizisten! Wenn ich es nicht selbst erlebt hätte, würde ich es einfach nicht glauben.«

Soviel zu Jonathans Schlüsselerlebnis betreffend die englische Nationalleidenschaft, wann immer es möglich ist, eine Schlange zu bilden.
Den ersten Eindruck davon bekommt man gewöhnlich schon am Londoner Flughafen Heathrow. Während sich überall sonst auf der Welt die Ankommenden in lockeren Trauben zwanglos auf die Paßkontrolle zubewegen, teilen in Heathrow drei riesige Schilder die eben noch friedlich im Flugzeugrumpf vereinten Reisenden, kaum daß sie britischen Boden betreten haben, in drei Menschengruppen auf, wovon jede für sich sofort eine Schlange bildet. Unter einem Schild mit der Aufschrift »United Kingdom Passports« reihen sich jene auf, die das beneidenswerte Vorrecht eines original britischen Passes besitzen. Unter dem Schild »Commonwealth Passports« stellen sich jene an, die immerhin noch zu den Untertanen Ihrer Majestät der Königin zählen. Unter das dritte Schild mit dem Aufdruck »Other Passports« treten leicht beschämt alle übrigen Reisenden und bilden, das einheimische Vorbild vor Augen, unbeholfen zwar, aber ebenfalls prompt eine Schlange.
Daß an den Bushaltestellen in London die Menschen auch in der gefürchteten Rush-hour einzeln hintereinander am Randstein aufgereiht stehen, nahm ich bald als selbstverständlich hin. Daß diese Schlange aber niemals, auch nicht, wenn ein bestimmter Bus zwanzig Minuten oder länger auf sich warten ließ, zusammenbrach, wunderte mich immer aufs neue. Im Gegenteil: kam er endlich, so traten diejenigen, die ihn benutzen

wollten, aus der Reihe der Wartenden heraus, um höflich einer hinter dem anderen einzusteigen. Sobald der Schaffner den letzten Fahrgästen bedeutete, der Bus sei voll, kehrten diese protestlos an ihren alten Platz in der Schlange zurück. Ein faszinierendes Schauspiel. Einmal, ein einziges Mal, habe ich es gewagt, mich an einer Bushaltestelle vorzudrängeln. Mir war plötzlich eingefallen, daß ich zu Hause vergessen hatte, das Bratrohr abzustellen, so daß das darin enthaltene Roastbeef seit etwa drei Stunden bei einer Hitze von 250 Grad seiner Vollendung entgegenschmorte. Ich würde es nie, nie wieder wagen, nicht einmal, wenn ich wüßte, daß mein Haus in Flammen steht. Lieber würde ich Hab und Gut verlieren, als nochmals unter den teils verständnislosen, teils mitleidigen, teils von schockartigem Erstaunen gekennzeichneten Blicken schlangestehender Engländer meine Menschenwürde aufs Spiel zu setzen.

Besonders gern stand ich am Leicester Square vor einem der großen Erstaufführungskinos Schlange. Da zu unserer Zeit in London der kontinentale Brauch, Kinokarten telefonisch vorzubestellen, unbekannt war, blieb einem gar nichts anderes übrig, als sich abends auf gut Glück in eine Schlange einzureihen. Während man geduldig ausharrte, unterhielten einen allerlei seltsame Straßenmusikanten mit Trommeln, Pfeifen und Fideln, denen man dafür ein paar Pennies in den Hut warf. An warmen Sommerabenden breitete sich über dem Leicester Square eine beinahe südlich-heitere Atmosphäre aus. Ringsum funkelten die Lichtreklamen der Filmpaläste, die Menschen aßen Eiscreme oder Pommes frites aus Zeitungspapier, und wenn der Verkehrslärm für ein paar Sekunden verstummte, weil alle Ampeln gleichzeitig auf Rot standen, konnte man das Gezwitscher der vielen hundert Singvögel hören, die Tag und Nacht die Bäume des kleinen Rasenrondells in der Mitte des Platzes umflatterten.

Eine der diszipliniertesten Menschenschlangen, in denen ich mich je fortbewegte, wand sich um ein trutziges Gebäude mitten in der Festungsanlage des Londoner Tower. Die Kronjuwelen der Königin wurden darin verwahrt und zur Hochsaison Einheimischen und Touristen zur Besichtigung freigegeben. Ich hatte mich im Schneckentempo bereits um drei Seiten des Gebäudes herumbewegt und dabei in ein Gespräch mit meinem Nachbarn vertieft, als ich einen Meter vor dem Eingang merkte, daß ich nicht etwa, wie ich dachte, in einer Doppelschlange stand, sondern vielmehr in einer Einzelschlange, die sich zweifach um das ganze Gemäuer herumwand. Während mein Nebenmann mit einem freundlichen »Bye-bye, and have a good time« im Eingang verschwand, folgte ich seufzend meinem Vordermann zur zweiten Runde um das Gebäude. Ich fühlte damals schon so englisch, daß mich die Versuchung, mit einem kleinen Schritt nach rechts meinem Gesprächspartner zu folgen und die Wartezeit um eine halbe Stunde zu verkürzen, nicht einmal streifte.

Der seltsamsten Menschenschlange, die ich in England erlebte, begegnete ich in Manchester nach einem Konzert von Tom Jones, damals das Idol jeglicher Weib-

lichkeit zwischen acht und achtzig Jahren. Ich sollte ihn in der Pause zwischen dem ersten und dem zweiten Teil seines Auftritts interviewen und saß in der fünften Reihe der Festhalle von Manchester.
Tom Jones, zu jener Zeit schon ein wenig fett in seinem hautengen, tadellos geschnittenen Anzug und mit den welligen Haaren und dem leichten Doppelkinn einem Schweinchen nicht unähnlich, Tom Jones stand auf der Bühne, schwitzte Dutzende von Taschentüchern voll, die ihm kreischende Teenager aus den Händen rissen, um schluchzend das Gesicht darin zu bergen, und sang »Why, why, why Delilah« oder »Come help yourself to my lips and to my arms!« Neben mir brach eine alte Dame in Weinkrämpfe aus. Hinter mir trampelten junge Mädchen auf den Sitzen und stießen schrille Laute aus. Der Saal dröhnte vom Getrampel der Füße, vom Seufzen, Stöhnen und Schreien, er glich einem Dampfkessel, der jeden Augenblick explodieren mußte. In der Pause empfing mich Tom Jones, genannt der Tiger, im kurzen Bademäntelchen, noch heiß und rosig vom vorhergegangenen Duschbad, und beantwortete meine Tonbandfragen mit vielen treuherzigen »Yes« und »No«. Den zweiten Teil des Abends bestritt er vorwiegend, indem er seine prallen Hüften in aufreizender Weise kreisen ließ und dazu mit heiserer Stimme sein aufstöhnendes Publikum fragte: »Do you feel it? Is it good?« Ein paarmal sang er auch noch.
Als der Fotograf und ich uns aus dem Saal herausgewühlt hatten, fiel mir ein, daß ich Tom Jones noch etwas fragen wollte, wir begaben uns zum Bühnenein-

gang. Dort warteten Dutzende heißgeschwitzter, seliger Teenager darauf, ein Autogramm des Stars zu ergattern. Das war an sich nichts Besonderes. Das Phantastische, geradezu rührend Komische war, wie sie warteten. In einer Schlange nämlich, ein Fan hübsch hinter dem anderen. O nein, sie schubsten und drückten nicht, sie kämpften nicht um jeden Zentimeter Boden, der sie ihrem Idol näher bringen würde, sie reckten ihm nicht blindlings die Arme entgegen, bildeten keinen undurchdringlichen Knäuel, wie ich es immer wieder bei ähnlichen Gelegenheiten erlebt hatte. Die Teenager von Manchester bildeten vielmehr ganz selbstverständlich eine Schlange.

Tom Jones saß hinter einer Art Kassenfenster, ließ sich freundlich grinsend einen Autogrammblock nach dem anderen reichen, setzte seinen Namenszug darauf und fragte dann jedesmal: »Einen Kuß?« Wenn das Mädchen »Ja« hauchte, beugte er sich ein bißchen nach vorn und küßte sie lange und intensiv auf den Mund. Anschließend leckte er sich jedesmal die Lippen – die einzige tigerähnliche Geste, die ich bei ihm wahrnehmen konnte – und sagte: »Die nächste, bitte.« Die Mädchen traten vor Ungeduld von einem Bein aufs andere, flüsterten, kicherten und seufzten und bewegten sich Schritt für Schritt ihrem Ziel entgegen. Wohlgemerkt, ohne daß irgendein Ordnungshüter sie dazu aufgefordert hatte. Sie folgten ganz einfach ihrem angeborenen, englischen Instinkt dafür, wie man eine Sache am praktischsten, schnellsten und fairsten erledigt: indem man eine Schlange bildet.

16

Im zweiten Sommer unseres Englandaufenthalts, als Ray und John noch immer arbeitslos waren, unser Haus von Mord und Entführung bedroht wurde, jeder gereizt auf jeden reagierte und Richard plötzlich mit schwarz gefärbtem Haar einherging, weil Jessica ihn so attraktiver fände – wie er entschuldigend sagte –, klingelte eines Abends gegen 11 Uhr unser Telefon. Aus dem Hörer drang Samantas Stimme. Sie klang schrill vor Angst: »Gela, etwas Entsetzliches ist mit John passiert. Bitte, komm sofort. Ich bin am Ende.«
Ich warf den Hörer vor Aufregung neben die Gabel, schrie Jonathan, der vor dem Fernseher saß, an: »Etwas Schreckliches ist mit John passiert, ich muß zu Samy«, und raste die Treppe hinauf. Samy empfing mich in der offenen Wohnungstür. Sie trug ein fließendes, gelbes Seidennachthemd mit dazu passendem Morgenmantel, eine Okkasion aus dem letzten Ausverkauf, hielt ein Taschentuch gegen den Mund gepreßt und eilte mir voran die Treppe ins Dachgeschoß hinauf. »Sieh nur, sieh nur! Ich kann es nicht mehr ertragen. Er hat solche Schmerzen«, rief sie aufschluchzend und wandte sich ab.
Auf dem schmalen französischen Bett, das Samanta

und John teilten – auf welche Weise, konnte ich mir nie vorstellen, weil Jonathan und ich nachts kein Auge zutaten, wenn wir nicht zwei solide, breite deutsche Betten zur Verfügung hatten, und, gerieten wir im Urlaub wirklich einmal in ein französisches Bett, die ganze Nacht hindurch beharrlich um die Decke kämpften, uns anstießen und gegenseitig aufweckten –, auf dem besonders schmalen französischen Bett also, das John und Samanta teilten, lag John in einem himmelblauen Pyjama hingestreckt. Das heißt, sein Oberkörper lag quer und seltsam verzerrt auf dem Bett, während Unterkörper und Beine wie abgeknickt zu Boden hingen. John war noch bleicher als sonst. Seinen zusammengebissenen Lippen entrang sich ab und zu ein Stöhnen. Leider werde ich, wenn immer ich kranke oder von Schmerzen geplagte Menschen sehe, sofort von grenzenlosem Mitleid überwältigt und unfähig, eine vernünftige, helfende Handlung auszuführen. Die Tatsache, daß meine Söhne früher jedesmal, wenn sie sich Platz- und Schnittwunden im Gesicht zugezogen hatten, ins nächste Krankenhaus gefahren und dort ordentlich vernäht wurden, verdankte ich zum Beispiel ausschließlich der jeweiligen Anwesenheit einer energischen Großmutter oder eines zufälligen Besuchs. Ich hielt nur immer das blutende Kind an mich gepreßt, weinte hemmungslos und schlotterte vor Panik. Ähnlich nützlich reagierte ich jetzt.

»O Gela, es ist so entsetzlich«, schluchzte Samy. »John wollte, also, wie soll ich mich ausdrücken, er drehte sich zu mir – du weißt ja, welch glückliche Ehe wir füh-

ren –, aber plötzlich schreit er auf, wälzt sich auf die andere Seite und sagt: ›In meiner Wirbelsäule ist etwas kaputt.‹ Seitdem liegt er so da, und wenn man ihn anfaßt, brüllt er wie ein wildes Tier. Mein armer Liebling, mein armer, armer Liebling.«
Ich trat an Johns Bett, sagte ihm, wie leid es mir täte, und fühlte mich völlig fehl am Platz.
»Ich werde den Notarztwagen anrufen. Sie müssen mit einer Bahre kommen und John in eine Spezialklinik transportieren«, rief Samanta. »Gela, Liebste, würdest du bei ihm bleiben, während ich telefoniere?«
Ich nickte ergriffen, kauerte mich zu John auf den Boden und versuchte vorsichtig seine Beine aufs Bett zu heben. Er schrie gequält auf, ich ließ seine Beine wieder auf den Boden rutschen und begann sinnlos seinen Arm zu streicheln.
Als Samanta zurückkam und versicherte, der Notarztwagen würde in einer Viertelstunde da sein, kam mir plötzlich eine Idee. »Samy«, sagte ich, »du und ich, wir verstehen ja offenbar nicht viel von Kranken. Aber Jessica! Sie ist doch ausgebildete Krankenpflegerin. Das hat sie mir selbst einmal erzählt. Samy, laß uns doch Jessica holen.«
»Ja, ja, hole Jessica, beeil dich«, schluchzte Samy und drückte einen Kuß auf Johns schmerzverzerrtes Gesicht.
Ich stolperte die Treppe zur Wohnungstür hinunter, froh, überhaupt irgend etwas tun zu können, und klingelte an der Nachbartür. Ein völlig verschlafener Richard öffnete mir. Ich stammelte: »Richard, mit John

ist etwas Schreckliches passiert. Er hat gräßliche Schmerzen. Sag Jessica, sie soll kommen.« Da stand Jessica schon wie ein Schatten hinter ihm. Sie war noch angezogen, vermutlich hatte sie sich gerade die letzte Tasse schwarzen Kaffee gebraut. Sie rannte hinter mir her an Johns Leidenslager, und es gelang ihr, was weder Samy noch ich geschafft hatten: mit ein paar erstaunlich kräftigen Handgriffen brachte sie John in eine bequemere Lage. Dann bettete sie seinen Kopf in ihren Schoß und sprach mit leiser, beruhigender Stimme auf ihn ein.

»Danke«, murmelte John, um gleich darauf wieder schmerzvoll aufzustöhnen.

Wenn die Situation nicht so dramatisch gewesen wäre, hätte ich sicherlich die Komik der Szene empfunden: Johns Kopf in Jessicas Schoß und Samanta dankbar daneben kniend; unvorstellbar, daß je einer über den anderen die schlimmsten Dinge erzählt hatte.

Der Rettungswagen kam und kam nicht. Endlich glaubten wir Klingeln und Türenschlagen zu hören, aber es dauerte nochmals eine qualvolle Zeitspanne, bis endlich zwei Krankenpfleger mit einer Bahre die Treppe heraufpolterten.

»Gott sei Dank, daß es hier überhaupt einen Kranken gibt«, brummte der eine, was ich außerordentlich taktlos fand. Dann schnallten die beiden den wimmernden John auf die Bahre, umhüllten ihn mit Decken und ließen ihn an Gurten und Seilen, als sei er eine Art sperriges Möbel, durchs Treppenhaus hinunter.

Alle Hausbewohner standen in den Türen der halb-

dunklen Halle, die von den grauenhaften Schreien Johns erfüllt war. Jessica stützte Samanta, die sich einen Mantel übergeworfen hatte, und flüsterte liebevoll: »Ich verlasse dich nicht, ich komme mit ins Krankenhaus.« Beide weinten bitterlich. Auch Ray quollen Tränen aus den Augen, und Jonathan wirkte zumindest stark ergriffen. Ich drückte schluchzend Maureen an mich, die mir Samy wie ein Vermächtnis in die Arme gelegt hatte. Sie jammerte ständig: »Daddy, Daddy, ich will zu meinem Daddy.« Ich ging mit ihr hinter der Bahre her ins Freie, Richard, Ray und Jonathan folgten uns. Als die Bahre mit John im Wagen verschwunden war, umarmte uns Samanta alle und bedankte sich für unsere Hilfe, unsere unverbrüchliche Freundschaft, an der sie niemals auch nur einen Augenblick lang gezweifelt habe. Einer der Krankenpfleger stand ungeduldig dabei und wiederholte mehrmals: »Welch ein Haus, welch verrückte Leute!«
Erst als ich neben Jonathan auf der Couch saß, um das ganze schreckliche Ereignis gründlich durchzusprechen, wurde mir klar, warum der Krankenpfleger diesen in meinen Augen völlig unpassenden Kommentar abgegeben hatte.
Der Notarztwagen war tatsächlich ziemlich bald nach Samantas verzweifeltem Anruf vor dem Haus vorgefahren. Die Krankenpfleger mit ihrer Bahre stiegen aus, stießen unsere immer offene, da klemmende Haustüre auf und sahen sich zwei Erdgeschoßwohnungen gegenüber. Sie entschlossen sich auf gut Glück, an der linken Wohnungstür zu klingeln, und

wurden von einem ziemlich angetrunkenen Ray empfangen. Wieso er stehen könne, fragten sie den Verblüfften. Seine Frau habe doch gerade am Telefon gesagt, er sei außerstande, auch nur den Kopf zu bewegen. Aber wenn er stehen könne, solle er doch am besten selbst in den Krankenwagen steigen. Das sei für alle Beteiligten bequemer.

Ray muß gedacht haben, er befinde sich mitten in einem Alptraum. Er ruderte sich durch die dichten Whiskyschwaden, die ihn gefangen hielten, an die Oberfläche seines Bewußtseins und erklärte, er denke nicht daran, irgendeinen Krankenwagen zu besteigen. Außerdem sei seine Frau überhaupt nicht da, sie lebe vielmehr bedauerlicherweise mit einem anderen Mann zusammen, und es wäre wohl am besten, wenn die Gentlemen gegenüber bei den L's klingelten. Das taten sie. Jonathan öffnete ihnen sofort und sagte: »Gut, daß Sie endlich da sind. Der Kranke wohnt eine Treppe höher. Beeilen Sie sich!« Die Männer gingen mit ihrer Bahre in den ersten Stock und läuteten, diesmal bereits leicht ungeduldig, an der ersten Tür. Richard öffnete ihnen. Als die beiden ihm mitteilten, sie sollten einen Schwerkranken abholen, erklärte Richard: »Ich weiß, ich weiß! Aber Sie sind hier falsch. Sie müssen hinunter ins Erdgeschoß, erste Türe links.

»Aber von dort kommen wir ja. Man hat uns gesagt, der Kranke sei hier oben«, beharrten die Männer. »Nein, nein, das ist ein Irrtum. Der Kranke liegt im Erdgeschoß«, sagte Richard, worauf die Männer ihre Bahre wieder hinunterschleppten und erneut bei Jona-

than klingelten. Er schickte sie selbstverständlich wieder hinauf, diesmal mit einer detaillierten Lagebeschreibung versehen, und so trafen sie endlich wütend und verspätet bei John Peterson ein. Der Grund für die nächtlichen Mißverständnisse war folgender: Richard hatte gehört, daß ich schluchzend nach Jessica gerufen hatte, weil John schwer krank sei, hatte sich aber – wie es seine stille Art war – nicht darum gekümmert, wohin wir beide enteilten. Aus dem Grad meiner Verzweiflung hatte er den naheliegenden Schluß gezogen, daß es Jonathan wäre, an dessen Krankenlager ich Jessica gerufen hatte; denn Jonathan wurde ebenfalls John gerufen.
John Peterson lag übrigens monatelang im Krankenhaus und mußte eine komplizierte Bandscheibenoperation über sich ergehen lassen. Samanta besuchte ihn täglich. Sie bestand darauf, daß Londons berühmtester Spezialist, ein von der Königin geadelter Chirurg, den Eingriff an John vornahm. Es gelang ihr auch, diesen Wunsch durchzusetzen, obgleich Sir Walter A. nur an wenigen Tagen im Monat das staatliche und daher kostenlose Krankenhaus aufsuchte, in dem John lag, und dort nur äußerst selten, sozusagen symbolisch, zum Messer griff. Samanta jedenfalls gelang es, den berühmten Arzt zu einer dieser seltenen chirurgischen Meisterleistungen auf Staatskosten hinzureißen. Auf diese Weise kostete Johns Operation, für die Privatpatienten Hunderte von Pfund bezahlt hätten, keinen Pfennig, ein imponierendes Ergebnis weiblicher Beharrlichkeit und britischer Gesundheitspolitik.

Kurz nachdem John aufrecht und blühend aussehend nach Hause zurückgekehrt war, brachte Samanta ein kleines Mädchen zur Welt. Ihr Haushalt war nun noch größer, ihre Tage schienen zum Bersten gefüllt, um so mehr als Maureen inzwischen regelmäßig Klavierunterricht bekam.
Als ich Maureens Schwesterchen, ein blondes dralles Baby namens Lena, zum erstenmal bewunderte, sagte Samanta gerührt: »Ja, ich weiß, es ist ein besonders schönes Kind. Alle meine Kinder waren als Babies auffallend schön.« Dann seufzte sie tief: »Welche Tragik des Schicksals, daß John mit seinem strapazierten Rükken sein Kind nie, nie, nie wird in den Armen halten können.«
Die Wirklichkeit strafte Samantas Sinn für Dramatik Lügen.
Schon kurz darauf sah man John stolz mit seinen beiden kleinen Töchtern im Garten spielen.
»Ist es nicht wunderbar, mit welcher Geduld er sich seinen Kindern widmet«, sagte ich zu Jonathan. »Ich finde, John ist ein vorbildlicher, verständnisvoller und geduldiger Vater.«
Jonathan schien dies unbegreiflicherweise als einen Seitenhieb zu empfinden. »Es gibt Väter«, stellte er fest, »die gehen jeden Morgen zur Arbeit, um ihre Familie zu ernähren. Die schlagen sich mit schwerfälligen Redaktionen, begriffsstutzigen Fotografen und dämlichen Sekretärinnen herum, weil sie weder ihre Kinder noch ihre Frau den Unsicherheiten des Existenzkampfes preisgeben wollen. Obgleich«, fügte Jonathan

nachdenklich hinzu und sah in den Garten hinaus, wo Samy gerade zu ihrer Familie getreten war, »obgleich gerade besonders zarte, bezaubernde und kluge Frauen offenbar sehr wohl in der Lage sind, ihrem Mann die Unbill dieses täglichen Existenzkampfes abzunehmen.« Dies wiederum empfand ich unbegreiflicherweise als Seitenhieb.

Es wurde ein ungewöhnlich schweigsamer Abend.

17

Christian schüttelte nachdrücklich seine dichten, glatten Ponies aus der Stirn, die ihm zusammen mit den schulterlangen Haaren das Aussehen eines Indianerjungen verliehen, schaute mich vorwurfsvoll an und sagte: »Bitte nicht schon wieder ein Schloß! Ich will einfach mal ein Wochenende ganz ohne Schlösser.«

»Und wenn's geht, auch ohne gotische Kirchen«, fügte Michi hinzu, der mit seinen Kringellocken eher einem pausbäckigen Barockengel glich.

Sie lagen sich auf dem Bauch gegenüber und spielten »Schlachtschiffe versenken«. Unsere neuen Hausgenossen Buzi und Bazi, zwei Wellensittiche, die durch ihr völliges Desinteresse an menschlicher Gesellschaft oder gar menschlicher Sprache jedes Tierbuch Lügen straften, Buzi und Bazi trippelten wie üblich, wenn man ihnen die Käfigtür aufgemacht hatte, hoch oben auf der hölzernen Vorhangleiste, die rings um das Erkerfenster lief, hin und her, kreischten jedesmal hysterisch auf, wenn sie zusammenstießen, und pickten im übrigen eifrig die weiße Ölfarbe ab, die ich dann am nächsten Morgen als feine Bröselspur unterm Eßtisch hervorsaugte.

»Was habt ihr nur gegen Schlösser?« fragte ich meine

Söhne. »Ich gebe zu, es gibt ziemlich viele davon in Südengland, aber sie stehen doch alle in wundervollen, romantischen Parks und sind mit herrlichen antiken Möbeln eingerichtet und haben interessante Waffenkammern oder Verliese im Keller. Ich finde, es gibt nichts Schöneres, als an einem englischen Sonntag ein englisches Schloß in einem englischen Park zu besuchen.«

»Fußballspielen ist schöner«, sagte Christian ungerührt.

»Und Comics lesen und Fernsehen«, sagte Michi.

»Und was ist mit den gemütlichen Picknicks, die wir auf unseren Wochenendausflügen machen? Habt ihr gegen die auch etwas? Sogar Onkel Pubo sagte, er werde das Picknick im Park von Kenwood Castle nie vergessen.«

»Klar«, erwiderte Christian. »Onkel Pubo mußte ja die ganze Zeit vor der Decke knien, weil er zu dick ist, um im Sitzen oder Liegen am Boden zu essen. Und er hat doch vom Ersten Weltkrieg einen Granatsplitter im Knie, der ihm immer noch weh tut. Kein Wunder, daß er sich ewig an dieses Picknick erinnern wird.«

»Ihr könnt einem jeden Spaß verderben«, meinte ich ärgerlich.

»Und dann sind Onkel Pubo die vielen Ameisen übers Butterbrot gelaufen, weißt du noch, die von dem toten Vogel, den ich unter dem Baum gefunden habe«, rief Michi begeistert. »Schade, daß ich den Vogel nicht mitnehmen durfte. Er hätte sich prima ausstopfen lassen. Und soooo stark hat er gar nicht gerochen.«

»Er hat«, sagte ich. »Er hat sogar sehr gerochen. Und es war nicht gerade taktvoll, daß du ihn Onkel Pubo während des Essens zeigen wolltest. Aber lassen wir das. Ich finde es ein bißchen deprimierend, daß Jonathan und ich euch an jedem Wochenende zu den interessantesten Ausflügen ins Land mitnehmen, euch zu den großartigsten Baudenkmälern und malerischsten Landschaften Südenglands kutschieren und ihr euch vorwiegend an Ameisen und tote Vögel erinnert. Schließlich seid ihr keine Kleinkinder mehr. Mit sieben und neun Jahren sollte man sich ruhig ein bißchen für Kultur interessieren. Denkt an Maureen. Sie ist erst vier und hat neulich Shakespeares Richard III. gesehen, ohne sich eine einzige Sekunde zu langweilen. Jedenfalls erzählte mir das Samanta.«

»Maureen ist ein affektiertes, unnatürliches Kind, das einem leid tun kann, und wir sind ganz normale, natürliche Knaben«, dozierte Christian, machte ein Kreuz auf das karierte Papier, das vor ihm lag, und rief: »U-Boot versenkt! Das hast du neulich abends zu Daddy gesagt«, bemerkte er beiläufig.

»Ihr seid vor allem unverschämte Knaben! Jedenfalls fahren wir nächsten Sonntag nach Hampton Court. Das ist das berühmte Schloß von Heinrich VIII., der alle seine Frauen köpfen ließ. Unser Freund Ralph kommt am Freitag nach England und freut sich ganz besonders auf dieses Schloß.«

»Ich dachte, das Schloß von Heinrich VIII. haben wir vorletzte Woche gesehen oder vorvorletzte«, warf Michi ein. »Das war doch, wo Christian in den Teich fiel und Daddy ihn rausziehen wollte und seinen rechten Schuh verlor.«

»Das war Hever Castle in Kent. Heinrich VIII. hat es für seine letzte Frau gebaut, für Anne Boleyn«, sagte ich gedankenverloren. »Wißt ihr noch, wie der Rhododendron geblüht hat, rosa, lila, dunkelrot, und der Weg unter den alten Bäumen, wie still er war bis auf das Vogelgezwitscher, und dann lag da plötzlich dieser italienisch blaue See vor uns mit den weißen Marmorterrassen, und eine zerrissene Markise knatterte im Wind, und ringsum schmiegten sich die hügeligen Wiesen ans Ufer, und ein weißer und ein schwarzer Schwan zogen vorbei . . .«

»Und dem Apollo fehlte der Kopf«, sagte Michi.

»Richtig. Aber die anderen griechischen Götter, die im Rosengarten von Anne Boleyn standen, waren alle schön und schlank und auch ein bißchen kitschig, genauso wie die beiden steinernen Löwen, die die bemooste Bank vor dem Springbrunnen bewachten. Ich glaube, Hever Castle ist ein verzaubertes Schloß«, seufzte ich.

»Ich glaube, wir hätten länger nach Daddys Schuh suchen sollen«, seufzte Michi.

»Jedenfalls war es ein ganz kleines Schloß, und man konnte es nur von außen besichtigen«, stellte Christian befriedigt fest. »Außerdem hätte sich Heinrich VIII. dieses Schloß eigentlich sparen können, wo er Anne Boleyn doch wieder bloß geköpft hat. Na ja . . .«

Die beiden beugten sich wieder konzentriert über ihre Kreuzchen, die lauter Schlachtschiffe darstellten.

Sie sind einfach noch zu jung, tröstete ich mich, um den Zauber englischer Schlösser zu begreifen, dem Jonathan und ich gänzlich verfallen waren. Und sie hatten wohl auch keinen Sinn für die unnachahmliche Würde, mit der englische Adlige das feudale Heim ihrer Vorfahren dem gemeinen Volk der Touristen öffneten, um ihren Wohnsitz auf diese Weise gegen Verfall und drückende Steuerkosten zu verteidigen.
Auf kleineren Landsitzen führte uns gelegentlich der Besitzer selbst durch Gänge und Hallen, wies uns liebevoll auf jedes einzelne Jagdgewehr seines gräflichen Großvaters hin oder auf die tollkühnen Liebesaffären einer längst verblichenen Cousine, deren seidig überwölbtes Himmelbett noch immer einladend aussah. Einmal geschah es, daß Jonathan einem wahrhaftigen Earl einen Schilling Trinkgeld gab. Wir hatten ziemlich erschöpft auf den rauhen Holzbänken eines Rittersaales Platz genommen, wo ein rothaariger, freundlicher Herr in Jeans und offenem Hemd uns Tee und Cola verkaufte. Er hatte den Schilling, den Jonathan ihm über die verlangte Summe hinschob, bereits mit einem erfreuten »Thank you, Sir« eingesteckt, als wir entdeckten, daß derselbe rothaarige Herr in Samt, Seide und Ordensband gekleidet von einem gewaltigen Ölgemälde auf uns herabsah. Es war das letzte einer langen Reihe ähnlicher Gemälde, und einer Messingplatte konnte man entnehmen, daß es sich um den 12. und bislang letzten Earl seines Geschlechtes handelte.
»Als das Bild entstand, war ich noch etwas jünger«, sagte der Herr mit dem Teetablett, der, unser Staunen

bemerkend, hinter uns stehengeblieben war. »Man möchte nicht glauben, wie die Zeit vergeht. Manchmal ist es etwas mühevoll, Schritt zu halten.«
»Nehmen Sie Ihren Tee mit Milch oder Zitrone?« wandte er sich dann würdevoll an die amerikanischen Touristen neben uns.
»Milch«, sagte Mister Miller aus Massachusetts (vielleicht hieß er auch anders). »Bitte sehr«, sagte der 12. Earl und goß ein wenig Milch in die Tasse.
»Also, müssen wir nun am Sonntag wieder zu einem Schloß, oder nicht?« erkundigte sich Christian und packte Bleistift und Papier zusammen.
»Wir müssen«, sagte ich. »Aber es wird euch diesmal Spaß machen. Im Park von Hampton Court soll es einen Irrgarten geben, ein richtiges Labyrinth. Und ich glaube, man kann sogar hineingehen.«
»Hoffentlich ist es nicht wieder so eine kindische Sache wie das uralte Karussell beim Herzog von Bedford. Du weißt schon, vor dem die Damen immer hingefallen sind, wenn er irgendwo auftauchte.«
»Mensch, das waren doch Hofknickse«, klärte Christian seinen Bruder auf. »Und ein Irrgarten ist in jedem Fall besser als gar nichts.« Die beiden trollten sich.
Hampton Court erwies sich als eines der gewaltigsten Schlösser, denen wir je Tribut gezollt hatten. Obgleich wir unsere ganz spezielle Besichtigungstechnik anwandten, brauchten wir fast zwei Stunden, bis wir den letzten Thronsessel und den letzten marmornen Kamin des blutrünstigen Heinrich gesehen hatten. Diese spezielle Besichtigungstechnik, eine Art gegenläufiger

Rösselsprung, hatten wir in den Houses of Parliament in Westminster entwickelt. Als Jonathan und ich merkten, daß der Führer unserer Touristengruppe sich vor jedem einzelnen Gemälde in detaillierte historische Rückblicke vertiefte, als wir andererseits sahen, daß sich vor uns unendliche Fluchten von ehrwürdigen Hallen und Gängen dehnten, die alle dicht bei dicht mit Gemälden geschmückt waren, schlossen wir uns nach einer gebührenden Weile unauffällig einer uns entgegenkommenden Reisegruppe und deren Führer an. Diese hinwiederum verließen wir nach einer Viertelstunde, um zu einer weiteren Gruppe überzuwechseln, die unseren Weg kreuzte. Auf diese Weise erhielten wir einen zwar stark gekürzten, aber dennoch fachmännisch übermittelten Eindruck des Hohen Hauses. Unsere Besichtigungstechnik hat sich inzwischen an vielen interessanten Orten der Welt bewährt, am durchschlagendsten zweifellos in den Museen des Vatikan, wo wir uns in absoluter Rekordzeit zur Sixtinischen Kapelle vorarbeiteten.

Freund Ralph, ein früh ergrauter, liebenswürdiger Schöngeist, hatte in Hampton Court zunächst einige Schwierigkeiten mit der Anwendung unserer Technik: Michi und Christian mußten ihn mehrmals aus völlig fremden Reisegruppen herauslösen, mit denen er sich höflich lauschend in die falsche Richtung bewegte.

»Und jetzt gehen wir endlich zum Irrgarten«, forderte Christian, als wir wieder im Park angelangt waren. Etwa ein Dutzend fröhlicher Menschen, darunter drei kichernde Japanerinnen, folgten mit uns den Hinweis-

schildern, die uns zu einem kleinen Ziegelhaus zwischen hohen Buchsbaumhecken leiteten. Dort verkaufte uns ein livrierter Wärter Eintrittskarten, wünschte uns viel Vergnügen, und wir marschierten in höchst angeregter Laune in den Irrgarten hinein. Er bestand aus endlosen, einander kreuzenden, voneinander abweichenden, um Ecken und spitze Winkel führenden schmalen Wegen, die von schulterhohen, dichten Buchenhecken gesäumt waren. Die Wege zwischen diesen grünen Mauern waren so schmal, daß man hintereinander gehen mußte und Entgegenkommende nur mit Mühe passieren konnten. Glücklicherweise kam uns fast niemand entgegen.
»Toll«, sagte Jonathan nach zehn Minuten anerkennend. »Ich habe überhaupt keine Ahnung mehr, wo wir sind.«
»Ich auch nicht«, sagte ich. Aber das war nichts Besonderes; denn ich verfüge nur über einen äußerst mangelhaften Orientierungssinn und verlief mich noch immer mindestens einmal im Monat in den Straßen von Hampstead.
Die Kinder trabten selig vor uns her und riefen alle paar Sekunden: »Sollen wir links oder rechts abbiegen?« – »Hier waren wir doch schon mal!« oder »Ich glaube, wir gehen immer im Kreis herum!«
Freund Ralph schnupperte genüßlich die würzige Luft und stellte fest: »Unglaublich gesund, solch ein Irrgarten.«
Manchmal kamen uns auf der anderen Seite der Hecke Menschen entgegen, von denen wir nur die Köpfe se-

hen konnten. Nach etwa einer halben Stunde blieben wir aufatmend an einer Weggabelung stehen, von der aus man in drei verschiedenen Richtungen weitergehen konnte. »Ich denke, jetzt reicht's«, sagte Jonathan. »Wir sollten uns auf den Rückweg machen.«

Er erhielt allgemeine Zustimmung. »Die Sache bedarf nun einer gewissen Logik«, fuhr er fort. »Der Ausgang, der sich unmittelbar neben dem Eingang befand, liegt rechts von uns, also müssen wir uns von nun an ganz allgemein nach rechts halten.«

»Verzeihung, Jonathan, aber du irrst«, warf da Ralph ein. »Es ist genau umgekehrt, der Ausgang liegt links von uns.«

»Bitte, streitet nicht«, sagte ich schnell. »Ich weiß, daß ich keinen ausgeprägten Orientierungssinn habe, aber diesmal bin ich mir absolut sicher. Der Eingang liegt hinter uns, und am einfachsten ist es, wenn wir umkehren.«

Nach längerer Diskussion entschieden wir uns für rechts, mußten allerdings sofort wieder abbiegen, gerieten in eine Art Kreisel, und nach fünf Minuten wußten wir endgültig nicht mehr, woher wir gekommen waren. »Ziemlich schwierig, wie«, rief uns ein Herr über die Hecke zu. »Suchen Sie auch den Ausgang?«

»Genaugenommen ja«, sagte Jonathan. »Sie auch?«

»Ja, ja, schon seit einer halben Stunde, aber es klappt irgendwie nicht. Nun, man darf nicht so rasch aufgeben«, rief der Herr optimistisch und entschwand.

Glücklicherweise erinnerte sich zu diesem Zeitpunkt

Freund Ralph daran, daß wir die Sonne im Rücken hatten, als wir den Irrgarten betraten. Wir mußten also nur der Sonne entgegengehen, dann würden wir automatisch zum Ausgang kommen. Leider erwies sich diese Idee als undurchführbar. Kaum schien einem die Sonne so richtig grell in die Augen, machte der Weg eine kaum merkliche Windung, und plötzlich schien sie einem auf die linke oder rechte Wange, oder man spürte sie angenehm warm im Nacken. Unsere gute Laune war inzwischen verbissenem Schweigen gewichen, das nur hie und da an einer Kreuzung von heftigen Wortwechseln unterbrochen wurde.
Nach weiteren zehn Minuten trafen wir wieder auf den optimistischen Herrn. Er fragte, ob er sich uns anschließen dürfe, und wirkte einigermaßen erschöpft. Später gesellten sich noch die drei kleinen Japanerinnen zu unserer Gruppe und trippelten geduldig hinter uns her. Die Sonne stand inzwischen so tief, daß ihre Strahlen nicht mehr zu uns drangen. Kühle breitete sich zwischen den grünen Laubwänden aus.
Und dann, ganz unerwartet, sahen wir plötzlich in einiger Entfernung die rote Mauer des Einlaßhäuschens vor uns. Fröhlichkeit kam auf. »Haha, da sind wir ja.«
»Wirklich glänzend angelegter Irrgarten!«
»Ich bin Ihnen sehr verbunden, mein Herr, ohne Sie hätte ich das nie geschafft.«
»Aber das war doch selbstverständlich . . .«
Natürlich konnten wir nicht quer durch die Büsche auf die rettende Mauer zugehen. Wir müßten, meinte Jo-

nathan, während er versuchte, auf Zehenspitzen einen Überblick zu gewinnen, zweimal rechts, einmal links, dann geradeaus und wieder im spitzen Winkel nach rechts einbiegen.

Wir taten's und hatten noch kürzester Zeit die Ziegelwand aus den Augen verloren. Michi war inzwischen den Tränen nahe. Christian überlegte, daß wir hintereinandergereiht ganz gut zwischen den Hecken nächtigen könnten. Irgendwann einmal sahen wir dann in der hereinbrechenden Dämmerung das Schild Eingang auftauchen und nicht weit davon ein ineinander versunkenes Paar, vielmehr dessen oberes Fünftel.

»Hallo«, brüllte Jonathan über einige Hecken hinweg. »Sind Sie gerade hier reingekommen?«

»Ja, warum fragen Sie?« kam die höfliche Antwort zurück.

»Können Sie von dort, wo Sie stehen, den Eingang sehen?«

»Klar, ganz genau. Es sind nur etwa zehn Yards.«

»Würden Sie bitte stehenbleiben, wo Sie sind, und uns gelegentlich Rufzeichen geben? Wir finden hier nämlich nicht mehr raus«, schrie Jonathan.

»Er sagt, er findet hier nicht mehr raus, Liebling«, teilte der junge Mann seiner Freundin mit und rief dann: »Sicher bleiben wir stehen, wenn Sie wollen!«

»Jetzt schaffen wir's«, versprach Jonathan und lief los, und Michi, Christian und ich, Freund Ralph, der fremde Herr und die drei Japanerinnen folgten ihm auf dem Fuß. Wir liefen mal hierhin, mal dahin und waren plötzlich ganz weg von den beiden, und dann standen

wir tatsächlich direkt vor ihnen. Eine letzte Hecke trennte uns. »Mein Gott, was ist denn los? Sie sind ja ganz außer Atem«, sagte der junge Mann. »Wir dachten schon, Sie wollten uns auf den Arm nehmen, weil Sie so lange nicht gekommen sind. Dabei haben wir doch ständig ›hallo‹ gerufen.«
»Das war sehr nett von Ihnen«, sagte Jonathan. Dann warf er sich mit voller Kraft gegen die Hecke und bog zwei gut entwickelte Buchenstämme auseinander. Freund Ralph und der erschöpfte Herr halfen mit vereinten Kräften, die so entstandene Lücke offenzuhalten, und wir alle zwängten uns hindurch. Tatsächlich: am Ende des Weges lag in greifbarer Nähe das Häuschen des Wärters.
»Hübsches Wetter heute, nicht wahr?« sagte dieser, als wir an ihm vorbeigingen. »Hoffentlich regnet es morgen nicht. Regen ist schlecht für's Geschäft. Wer geht schon bei Regen in einen Irrgarten!«
»Waren Sie schon einmal in Ihrem Irrgarten drin?« fragte Jonathan.
»Wo denken Sie hin, Sir«, sagte der Wärter. »Muß enorm schwierig sein, wieder rauszukommen. Manche Besucher brauchen stundenlang dazu. Nein, Sir, da würden mich keine zehn Pferde reinbringen, nicht mich, Sir.«
»Das ist es, was mich so an den Engländern fasziniert«, sagte Freund Ralph anerkennend. »Ihr gesunder Menschenverstand.«

18

»Samanta hat eine Vorliebe für Tischen«, sagte ich bedeutungsvoll zu Jonathan, der dabei war, sich durch die »Sunday Times« zu wühlen.

»Ja, und«, murmelte er abwesend und blätterte geräuschvoll um.

»Ganz besonders schwärmt sie für ältere Tischens«, begann ich von neuem. – »Hm . . .« – »Was heißt hm? Ich finde Samantas Interesse an Tischen äußerst seltsam.«

»Was soll daran seltsam sein?« rief Jonathan ungeduldig und versuchte Anzeigenteil und Politik voneinander zu trennen, wobei er sich wie jeden Sonntag hoffnungslos in ein bis zwei Pfund eng bedruckten Papiers verhedderte. »Alte Tischen, ich meine Tische – du bringst einen wirklich völlig durcheinander –, also alte Tische sind doch etwas sehr Schönes und Gemütliches. Schließlich ist der Bauerntisch, an dem wir essen, auch über hundert Jahre alt. Wenigstens hat das der Händler behauptet, von dem du ihn gekauft hast. Und du hast doch dieses komische gedrechselte Nähtischchen deiner Urgroßmutter neben dem Bett stehen. Also – warum soll Samanta keine alten Tische mögen? Übrigens hat sie doch – glaube ich – eine ganze Menge davon. Der vor ihrem Sofa sieht jedenfalls irrsinnig alt aus.«

»Eben«, sagte ich und versank in Nachdenken. »Ich frage mich, warum Samanta die Augen zum Himmel dreht und völlig hingerissen seufzt: wirklich, Gela, du magst mich für exzentrisch halten, aber wenn ich viel Geld hätte, würde ich mir sofort einen Tischen kaufen. Und sei es nur ein ganz, ganz kleiner.«

»Das ist allerdings seltsam«, gab Jonathan zu und ließ die Times sinken. Es war mir gelungen, ihn endgültig von dem Problem abzulenken, was nach fünf Wochen Müllfahrerstreik aus England werden solle. »Mir ist klar, daß Samanta nicht gerade in Geld schwimmt, aber für einen Tisch wird es ja wohl noch reichen. Obgleich ich nicht recht einsehen kann, weshalb sie noch einen braucht. In ihrem Studio steht doch praktisch neben jedem Sessel irgend so ein mit Gold eingelegtes, winziges Ungeheuer, und ihr Küchentisch wirkt durchaus stabil und ausreichend für seine Zwecke. Apropos: hat Samanta wirklich Tisch gesagt? Ich meine nicht table, sondern Tisch?«

»Nicht Tisch, Tischen! Das fand ich ja so komisch. Sie benutzt ja gelegentlich mal ein jiddisches Wort. Vielleicht ist Tischen ein jiddischer Ausdruck für Tisch.«

»Möglich«, brummte Jonathan. »Im übrigen: Ob Samanta Tisch oder table oder Tischen sagt, ist doch wirklich egal. Ich bitte dich, laß mich jetzt endlich lesen, was Mr. Wilson gegen diese zum Himmel stinkenden Müllhaufen unternehmen will, über die ich jeden Tag in mein Büro klettern muß.«

»Du übertreibst«, sagte ich. »Das sind keine Müllhaufen, sondern Haufen von praktischen, dunkelgrünen Plastiksäcken, in denen der Müll ordentlich verpackt ist. Ich habe selbst ein halbes Dutzend solcher Säcke bei der Gemeindeverwaltung abgeholt. Mehr gab's nicht, weil so viele Menschen anstanden.«

»Mein liebes Kind, in Hampstead hinter den gepflegten Gartenzäunen mögen sich diese Plastiksäcke ja ganz hübsch ausnehmen. Aber du solltest mal durch die Straßen der City gehen, wo die vielen Hotels und kleinen Restaurants liegen, und durch die Nebenstraßen im Zeitungsviertel. Da sind die praktischen grünen Plastiksäcke aufgeplatzt, und die Kisten und Schachteln voller Abfälle laufen geradezu über. Es sieht aus wie in den Slums von Neapel! Und wenn ein frischer Wind von der Themse weht, dann fliegen dir die Papierfetzen und Eierkartons und alte Milchtüten nur so um die Beine. Vom Gestank ganz zu schweigen. Es ist erstaunlich, wie völlig ungerührt die Engländer das alles läßt.«

»Ray sagt«, teilte ich Jonathan mit, »wer seit Jahren mit ansehen muß, wie das Britische Empire Stück für Stück zerbröckelt, der könne sich einfach nicht über ein bißchen Müll aufregen. Im übrigen wüßte jeder Londoner, daß der Streik der Müllmänner jedes Jahr so pünktlich eintrifft wie der Monsun in Indien und daß die Regierung nach vier oder sechs Wochen nachgibt und die Straßen wieder so sauber sind wie zuvor.«

»Na, hoffen wir, daß es bald soweit ist«, seufzte Jonathan und versenkte sich wieder in die Times.

»Jonathan«, sagte ich am nächsten Abend. »Ich habe Samy gefragt, ob sie sich nicht doch einen ganz kleinen Tischen leisten kann, wenn ihr Herz so daran hängt.«
»Na und? Was hat sie gesagt?«
»Sie lachte auf ihre perlende Art, weißt du, so von oben nach unten, und sagte, ich hätte einen so erfrischenden Humor. Und dann war sie, glaube ich, ein bißchen beleidigt. Sie könne ja verstehen, daß ich ihr Faible für Tischen nicht ganz ernst nähme. Es sei ja wohl wirklich nicht ganz zeitgemäß. Aber sie sei nun einmal so töricht, immer das Außergewöhnliche und Unerreichbare zu lieben. Jonathan – du mußt zugeben – das Ganze ist sehr, sehr seltsam.«
»Frag doch Ray«, schlug Jonathan vor. »Ray weiß immer über alles Bescheid.«
Als ich Ray das nächste Mal im Korridor traf und mit ihm die Post vom Boden aufsammelte, fragte ich beiläufig, ob er Interesse an Tischen habe oder mir wenigstens sagen könne, was Tischen bedeute. »Samanta schwärmt nämlich so von Tischen«, fügte ich erklärend hinzu. – »T-typisch, Sam-m-manta«, nickte Ray wissend. »Wie ich schon s-sagte, erstklassige Erziehung!« Er selbst wisse soviel wie nichts von Tischen, er sei mehr ein technisch-naturwissenschaftlich orientierter Mensch. Damit fingerte er drei Briefe aus dem Packen, den er in der Hand hielt, ließ den Rest fallen, so daß die von unserem Postboten geschaffene Situation wiederhergestellt war, und zog sich eilig zurück. »N-neue Angebote, eines aus Schw-eden«, ließ er mich wissen, bevor er die Tür hinter sich schloß.

»Samy«, begann ich am nächsten Tag, »ich muß jetzt ganz offen zu dir sein. Du weißt, daß wir seit mehreren Tagen von Tischen sprechen . . .«

»Aber sicher tun wir das«, unterbrach sie mich. »Und ich kann dir gar nicht sagen, wie froh ich bin, daß in diesem Haus endlich jemand wohnt, mit dem man sich über anspruchsvolle Themen unterhalten kann.«

»Samanta«, rief ich, »ich muß dir etwas gestehen. Ich weiß nicht, was Tischens sind!«

»Oh, sag das nicht! Das kann doch nicht sein«, erwiderte sie erschrocken. »Du hast mir erzählt, daß du in Rom warst, in Florenz und in Venedig. Niemand kann Venedig lieben, ohne seine Tischens gesehen zu haben. Ich meine, man stolpert ja beinahe drüber, so viele gibt es da!«

Einen verrückten Augenblick lang tauchte der Markusplatz vor mir auf mit den zahllosen kleinen Tischen, die an seinen beiden Längsseiten in dichten Reihen vor den altmodischen Cafés stehen. Abends, wenn die ersten Bogenlampen aufleuchten, spielt vor jedem Café ein Stehgeiger, und wenn man an einen Tisch der Randzone gerät, wo der Service des einen Cafés aufhört und der des nächsten beginnt, mischen sich die Geigenklänge zu herz- und ohrzerreißenden Weisen.

Aber diese Tische konnte Samy unmöglich meinen.

»Samy!« schrie ich. »Ich will jetzt endlich wissen, was Tischens sind!«

»Tischen«, schrie Samy mit fünf Ausrufungszeichen zurück. »Tischen, geboren 1489, gestorben 1576, berühmtester Renaissance-Maler Italiens. Seine Bilder

hängen im Louvre und im Prado und in München und in Amsterdam und in New York auch, aber besonders viele hängen in Venedig, es gibt kaum eine Kirche ohne Tischens, und auf vielen leuchtet dieses wundervolle satte Rot, dieses Tischen-Rot, das ihm keiner nachgemacht hat. Gela, du mußt ihn einfach kennen.«
»Aber sicher kenne ich ihn«, sagte ich erleichtert aufseufzend. »Du meinst Tizian, Ti-zi-an! Und jetzt verstehe ich auch, warum es dir komisch vorkam, als ich von einem ›kleinen Tischen‹ sprach.« – »Ja, nicht wahr?« sagte Samanta. »Übrigens interessant, wie du ihn aussprichst: Tizian. Ti-zi-an! Das ist ja zungenbrecherisch. Habe ich nie gehört. Es ist wohl die italienische Art, seinen Namen auszusprechen.«
»Ja, Samy, so ist es«, erwiderte ich sanft. Ich hatte noch viele interessante Unterhaltungen mit Samanta. Wir liebten beide »Ämelfei« ebenso wie die »Tschämpseleises« (womit Amalfi und Champs-Elysées gemeint waren) und fanden den »Tußkauni«, sprich Toskana, reizvoller als »Sischili« (sprich Sizilien), weil es dort nicht so heiß ist.
Ein einziges Mal stolperte ich nochmals nachhaltig über die angelsächsische Angewohnheit, mit gelassener Selbstverständlichkeit alle Eigennamen dieser Welt englisch auszusprechen. Das war, als sie mir gestand, sie fände, »Gosju« würde ganz allgemein überschätzt. Es dauerte ein Weilchen, bis mir klar wurde, daß sie von Goethe sprach.

19

Je mehr Besucher wir in Hampstead hatten, desto voller wurde unsere Wohnung. Das kam daher, daß jeder Gast, der sich bei uns einquartierte, spätestens am zweiten Tag seines London-Aufenthaltes von einem rätselhaften Fieber befallen wurde, das ihn dazu trieb, ruhelos durch die Antiquitätengeschäfte und -märkte der Stadt zu streifen und lauter Dinge einzukaufen, ohne die er bisher offenbar sehr gut auskam.
Es begann alles ganz harmlos. Eine alte Schulfreundin namens Christine hatte sich für eine Woche bei uns angesagt. Sie war gerade geschieden worden – das wußten wir. Was wir nicht wußten, war, daß sie das verständliche Bedürfnis hatte, zusammen mit ihrem Mann auch die gemeinsam bewohnten Möbel aus ihrem Leben zu entfernen. Wir entwarfen ein umfassendes, liebevoll ausgetüfteltes Besichtigungsprogramm für sie. Es schloß den Wachwechsel am Buckinghampalast ebenso ein wie die Themsefahrt von Westminster bis zum Tower. Wir empfahlen ihr Trafalgar Square an einem sonnigen Morgen und Piccadilly Circus an einem milden Abend. Wir sprachen ihr vom Charme der Bond Street, von den feinen, alten Läden in Burlington Passage und malten ihr das abenteuerli-

che Gewimmel in King's Road aus, wo es die verrücktesten Boutiquen Londons gab und selbstbewußte Mädchen die Mode von vorgestern oder übermorgen spazierentrugen.
Meine Freundin hörte sich alles interessiert an, nickte hin und wieder beeindruckt und sagte zuletzt: »Das klingt alles wundervoll. Aber am allerliebsten würde ich gleich morgen früh zur Portobello Road gehen.«
Portobello Road, Londons berühmte Straße der Antiquitätenhändler, erwacht nur einmal in der Woche zum Leben, am Samstag. Dann stellen die Antiquitätengeschäfte zu beiden Seiten der Straße ihre Waren vor die Tür, dann öffnen die weitläufigen, zweistöckigen Märkte ihre Tore, wo in kleinen Kojen Händler über ihre Kostbarkeiten wachen, häkeln, Tee trinken und sich mit interessierten Kunden in lange Fachgespräche vertiefen, dann breiten fliegende Händler ihre Kuriositäten auf überdachten Wagen aus, die sich rechts und links am Straßenrand aneinanderreihen. Dazwischen machen Hippies Musik auf Gitarren und Maultrommeln, werden Papageien und kleine Affen vorgeführt, spielt ein alter Mann mit zerlöchertem Zylinder Drehorgel. Eine unübersehbare Menge von Schau- und Kauflustigen schiebt und drängelt sich die Straße hinauf und herunter, es herrscht ein babylonisches Sprachgewirr.
In der Mitte von Portobello Road liegt das Pub »Duke of Ellington«. Dort sitzen immer ein paar ältere Hausfrauen mit prall gefüllten Einkaufstaschen vom nahen Gemüsemarkt und trinken in den halbdunklen Ni-

schen auf abgewetzten Polsterbänken ein Lager-Lime oder einen großen Sherry, bevor sie nach Hause gehen, um ihre frischen Bohnen, Erbsen und Karotten nach Landessitte in salzlosem Wasser zu Tode zu kochen. Wenn man Glück hat, lehnt der blinde Akkordeonspieler an der Theke, der zu seinen Weisen wütend mit einem Holzbein auf den Boden stampft.

Durch Portobello Road zu gehen und nichts, nicht einmal eine winzige Kleinigkeit zu kaufen, ist für einen Menschen mit durchschnittlicher Charakterstärke unmöglich.

Als meine Freundin von Portobello Road zurückkam, waren wir dennoch überrascht: ein Taxifahrer lud einen gewaltigen Mahagoniklapptisch auf Messingrädern vor unserer Haustüre aus, ferner drei alte Pub-Sessel und einen riesigen, verschnörkelten Spiegel.

»Ich habe mir gedacht«, sagte meine Freundin aufatmend, »daß ich das bei euch einstellen kann, bis ihr nächstes Jahr nach Deutschland zurückkommt. Die paar Kleinigkeiten lassen sich doch bestimmt auf eurem Möbelwagen unterbringen.«

Jonathan blickte streng. Ich beeilte mich, zu sagen, das sei doch selbstverständlich, und dann verteilten wir die Möbel in unserer Wohnung. Ein Sessel fand in einer Korridorecke Platz, einer im Kinderzimmer, der dritte in einer Nische im Schlafzimmer. Der Eßtisch ließ sich mit heruntergeklappten Seitenteilen ebenfalls mühelos im Schlafzimmer aufstellen, und der Spiegel hielt nach mehreren Versuchen an einem Mauerhaken an der Wand dahinter. Insgesamt hatte die Wohnung – so fand ich – eigentlich gewonnen. Am nächsten Tag brachte Freundin Christine einen massiven, viktorianischen Schaukelstuhl mit. Das zierliche hochbeinige Nähkästchen fiel daneben kaum ins Gewicht. Beides paßte recht gut in unser Wohnzimmer; der Schaukelstuhl wurde sogar zu meinem Lieblingsplatz. An ihrem letzten Tag in London wollte meine Freundin unbedingt noch zum Caledonien Market, der jeden Freitag vormittag zwischen den Fabrikhallen und alten Mietskasernen hinter der Tower Bridge stattfindet. Es ist eigentlich ein Markt für Händler, und er galt zu unserer Zeit noch als Geheimtip. Man konnte dort unter freiem Himmel besonders günstig alte Gläser und Karaffen, Porzellan, Kerzenleuchter aus Messing und Silberwaren aller Art einhandeln. In einer überdachten ehemaligen Lagerhalle boten Antiquitätenhändler auch Möbel an.

Jonathan machte den einleuchtenden Vorschlag, daß ich meine Freundin begleiten sollte, um sie und uns vor dem Ankauf weiterer sperriger Gegenstände aus vergangenen Jahrhunderten zu bewahren. Während meine Freundin selbstvergessen zwischen alten Stichen und Büchern wühlte, hier einen Silberlöffel in der Hand wog, dort den Staub von einer Teekanne blies, schlenderte ich ziellos zwischen den Kojen der Möbelhändler umher. Plötzlich fiel mein Blick auf eine glänzende Mehltruhe aus Walnußholz, unwahrscheinlich ausgewogen in der Form, die Beine leicht geschwungen, zierliche Messingbeschläge an Deckel und Schloß.

Ich weiß nicht, wieso ich mir sofort eine Vase mit einem bunten Asternstrauß darauf vorstellte. Ich wollte die Truhe ja nicht kaufen, ganz im Gegenteil, ich war hier, um solche und andere Käufe unter allen Umständen zu verhindern. Die Truhe sei ein selten schönes Stück, jawohl, Georgian und außerordentlich preiswert, sagte mir der freundliche, weißhaarige Händler und strich liebevoll über das goldbraune trockene Holz. Ein wenig wachsen müßte man sie, dann sähe sie noch hübscher aus, und wenn ich sie kaufen wolle, sollte ich es am besten sofort tun; denn es sei heute eine amerikanische Händlerin da, die alles, aber auch alles, was auch nur ein bißchen alt und verstaubt aussähe, aufkaufe.

»Da siehst du, mit welchen Tricks einen die Leute zum kaufen drängen wollen«, sagte ich zu meiner Freundin, die mit einer chinesischen Bodenvase unterm Arm auf mich zukam. »Eine Amerikanerin, die alles aufkauft. Daß ich nicht lache!« Ich warf einen letzten sehnsüchtigen Blick auf die Truhe, die zu erstehen ich sowieso nie ernstlich erwogen hatte, und wir schlenderten ein paar Kojen weiter. Dort bot sich uns ein seltsames Schauspiel. Inmitten von verstaubten Pendeluhren, Schreibsekretären, Klapptischchen und Vertikos stand eine hochbusige Dame mittleren Alters mit einem Wagenrad von Strohhut auf dem Kopf, einer gehäkelten Stola um die Schultern und einer Papierrolle in der Hand, von der man kleine rote Zettelchen mit dem Aufdruck »sold« abreißen konnte. Die Dame wanderte mit weitausholenden Schritten von Möbelstück zu

Möbelstück, verharrte vor jedem kurz, fragte über die Schulter: »How much is it?« und klebte, kaum daß ihr vom Händler der Preis genannt worden war, ein Zettelchen auf das Möbel. Das Ganze ging rasch und energisch, ohne die kleinste Pause des Nachdenkens oder Zögerns vor sich. »How much? – Sold!« – »How much? – Sold!«

»Das muß die Amerikanerin sein«, sagte ich halblaut zu meiner Freundin. Die Dame war inzwischen zur nächsten Koje geeilt und versah auch dort alle erreichbaren Gegenstände, darunter eine scheußliche Bronzefigur aus der Nachkriegszeit und eine ausgefranste Stehlampe ohne jeden antiken Wert, mit ihren roten Zettelchen.

Wir folgten ihr fasziniert, bis sie die Koje erreichte, in der die Walnußtruhe stand. Sie verharrte vor einer kleinen Marmorsäule. »How much? – Sold«, deutete mit einer umfassenden Handbewegung auf drei oder vier Tische: »How much? – Sold.« Sie drehte sich suchend um, zeigte auf die hübsche, goldbraune Walnußtruhe und fragte: »How much?« – »Sold«, sagte ich schnell und setzte mich auf den Truhendeckel, der leise ächzte.

So kam es, daß sich Jonathan, als er an diesem letzten Besuchstag meiner Freundin nach Hause kam, nicht nur mit einer chinesischen Bodenvase, sondern auch mit einer Mehltruhe aus der Zeit König Georgs konfrontiert sah.

Meine Freundin verließ uns beglückt und sagte, sie könne unsere Heimkehr kaum erwarten.

Als einige Wochen später meine ehemalige Sekretärin, ein überaus liebenswerter, hilfsbereiter Mensch, aus unserem Gästezimmer auszog, ließ sie dort ein eichenes Eckschränkchen aus dem 18. Jahrhundert zurück. Man konnte jetzt zwar die Schubladen der Wäschekommode nicht mehr öffnen, aber ich sah vollkommen ein, daß dieses Schränkchen im Junggesellenzimmer der Dame unglaublich attraktiv, vielleicht sogar ein kleines bißchen snobistisch wirken würde. Meine Mutter, die mich in Redington Road vertrat, während ich eine längere Reportagereise nach Israel unternahm, schaffte es mit gewohnter Energie und ohne die geringsten Englischkenntnisse, einen bildschönen Schreibsekretär zu einem sagenhaft niedrigen Preis einzuhandeln. Quer vor dem Eßtisch meiner Freundin aufgestellt, störte er im Schlafzimmer kaum. Leider kam die Mahagonivitrine eines guten, alten Kollegen von Jonathan auf diese Weise kaum noch zur Geltung, und der ledergepolsterte Ohrensessel, ein Prachtstück, das Jonathan im Auftrag seines Chefs aufgestöbert hatte, mußte anstatt neben, auf dem Tisch überwintern. Einige Regale aus der Zeit Königin Viktorias, ein paar Pub-Hocker und zwei bis drei Schaukelstühle unterschiedlichster Stilarten sind kaum erwähnenswert. Sie fanden ebenso ihr Unterkommen wie all die vielen Messingleuchter und bemalten Krönungsteller zum 80jährigen Jubiläum Königin Viktorias, die im Reisegepäck unserer Gäste unweigerlich erhebliches Übergewicht verursacht hätten.

Als Jonathan eines Nachts im Dunkeln mit dem rech-

ten Fuß durch den geflochtenen Sitz eines Schaukelstuhls trat, sich auf ein umkippendes Nähkästchen stützte und, bereits am Boden liegend, von der ausklappbaren Platte des Schreibsekretärs seiner Schwiegermutter am Kopf getroffen wurde, brüllte er: »Jetzt reicht's mir!« Eine Feststellung, die ich – ehrlich gesagt – viel früher erwartet hatte. Von nun an nahmen wir nur noch Besucher auf, die zuvor den feierlichen Schwur leisteten, daß sie nichts, aber auch gar nichts Antiquitätenähnliches bei uns unterstellen würden. Jonathans strenge Haltung hat sich bewährt. Außer einer Stehlampe, einem kleineren Sofa und einer unauffälligen Schiffskommode ist kein fremdes Möbelstück mehr über unsere Schwelle vorgedrungen.
Dennoch mußten eines trüben Dezembermorgens zwei Möbelpacker den bereits halbgefüllten Transporter, mit dem unser Hausrat endgültig nach Deutschland zurückkehren sollte, wieder entladen, weil sich herausstellte, daß der bestellte Möbelwagen zu klein war. Jonathan kochte. Als dann im feinen Nieselregen noch eine alte Dame auf ihn zukam und ihm unter allen Umständen unsere Couch abkaufen wollte, weil sie fälschlicherweise glaubte, vor unserem Haus habe sich ein Altwarenhandel etabliert, erging sich Jonathan in bitteren Worten über gewisse Freunde, die einen bedenkenlos als Fuhrunternehmen mißbrauchen.
Er wußte damals noch nicht, daß er drei Jahre später seinen ihm völlig unbekannten Nachfolger in der Fleet Street aufsuchen würde, um ihn mit bewegenden Worten zu bitten, er möge einen Schreibtisch und

einige Kleinmöbel, die wir auf einem Wochenendtrip nach London in Portobello Road erstanden hatten, in seinem Möbelwagen mit nach Deutschland nehmen.
Es wäre ungerecht, an dieser Stelle nicht unseres einzigen Besuchers zu gedenken, den Londons Antiquitäten völlig kalt ließen, weil er – wie er sagte – selbst genügend altes Gerümpel zu Hause stehen hatte: Onkel Pubo. Er war ein lebhafter, schwergewichtiger Mann hoch in den Siebzigern, der außerordentlich schwerhörig war und sich mit seiner Londonreise den Wunsch erfüllte, einmal in seinem Leben zu fliegen.
Wir alle, besonders aber die Kinder, liebten Onkel Pubo, von dem niemand genau wußte, auf welche Weise er mit uns verwandt war. Als er zu uns nach London kam, hatten die Kinder Sommerferien und konnten Onkel Pubo auf seinen Ausflügen in die Stadt begleiten. Er marschierte, schwitzend zwar, aber unermüdlich, von der Oxford zur Regent Street, durchwanderte Westminster Abbey und den Tower, begutachtete die Kronjuwelen der Queen ebenso fachmännisch nach Preis und Qualität wie die Uniformen der königlichen Garde. Er kletterte schwer atmend in den ersten Stock der Omnibusse und trabte geduldig durch das verwirrende Netz der Londoner U-Bahnhöfe. Er trank kopfschüttelnd das ungekühlte englische Bier und landete zuletzt regelmäßig in Madame Toussauds Wachsfigurenkabinett. Dort begab er sich sofort in die dunklen, von röhrendem Kanonendonner erfüllten Räumlichkeiten, wo die Seeschlacht von Trafalgar lebensgetreu nachgebaut und akustisch täglich aufs neue

vollzogen wurde. Michi und Christian verjubelten inzwischen in dem riesigen Automaten-Spielsaal die von Onkel Pubo reichlich gespendeten Fivepence- und Schillingstücke.
Onkel Pubos Besuch traf im übrigen mit dem alljährlichen Besuch von Samantas Mutter aus New York zusammen. Sie unternahm seit dem Tode ihres Mannes, eines reichen, jüdischen Rechtsanwalts, jeden Sommer eine Europareise, die sie mit einer Kreuzfahrt im Mittelmeer krönte.
Samanta bemerkte spitz, ihre Mutter versuche auf diese Weise wahrscheinlich, einen neuen Ehemann zu angeln. Die Besuche bei Samy und ihrer Familie absolvierte Mrs. Cohen mit deutlicher Mißbilligung der Lebensumstände ihrer Tochter. Während Samy tapfer durch ihr Tagesprogramm hetzte, lag Mrs. Cohen vorwiegend im Liegestuhl im Garten. Sie war eine große, magere Frau und trug zu jeder Tageszeit Unmengen echten Schmucks an sich und hatte stets ein Glas Gin Tonic neben sich stehen. Als sie während unseres ersten Sommers in Redington Road auftauchte, erfuhren wir durch Michi von ihrer Anwesenheit.
Er platzte zur Tür herein und rief: »Mama, im Garten liegt eine häßliche, fremde Frau, die nur ein Hemd anhat.«
In der Tat pflegte Mrs. Cohen, wann immer es die Witterung zuließ, ihre Bluse abzulegen und ihr spitzenbesetztes Hemd so tief wie irgend möglich über ihren knochigen Brustansatz hinabzuziehen, damit möglichst große Flächen ihrer welken, sommersprossigen

Haut der Sonne ausgesetzt waren. Samanta machte keinen Hehl daraus, daß sie ihre Mutter nicht leiden konnte, und von Mrs. Cohen hatte man umgekehrt denselben Eindruck. Anfangs war ich ein bißchen beunruhigt, als ich mir das Zusammentreffen von Mrs. Cohen und Onkel Pubo vorstellte. Aber meine Befürchtungen waren ganz umsonst.

Jedesmal, wenn Onkel Pubo nach seinen anstrengenden Sightseeing-Ausflügen gemächlich in Pantoffeln und Hosenträgern den Garten betrat und zufrieden die frische Abendluft einsog, winkte ihm Mrs. Cohen heftig von ihrem Liegestuhl aus entgegen und schrie: »How do you do, Mister Pubo. Wo waren Sie heute?«

Ich hatte Mrs. Cohen am ersten Abend mit Onkel Pubo bekannt gemacht und ihr erklärt, daß er sehr schwerhörig sei und zudem kein Wort Englisch verstehen könne. Die erste Mitteilung, betreffs Onkel Pubos Gehörsinn, schien Mrs. Cohen akzeptiert zu haben. Die zweite hingegen, daß er der englischen Sprache nicht mächtig sei, nahm sie einfach nicht zur Kenntnis. Sie konnte wie die meisten Amerikaner nicht glauben, daß es Menschen gibt, die nicht Englisch beziehungsweise Amerikanisch verstehen. Auf diese Weise fanden in unserem Garten eine Woche lang zwischen fünf und sechs Uhr abends höchst skurrile Unterhaltungen statt.

Sie verliefen etwa so:

Mrs. Cohen angeregt: »Good evening, Mister Pubo. Schönes Wetter heute, nicht wahr?«

Onkel Pubo, freundlich mit dem Kopf nickend: »Ja, da schau her, die Frau Cohen. Grüß Gott! Geht's Ihnen gut, ja? Ausschauen tun S' wieder prächtig heute.«
Mrs. Cohen nachdrücklich: »Ich sagte, das Wetter war heute sehr schön.«
Onkel Pubo: »Wie meinen S'? Ich hör' ein bissel schwer, gell. Das ist eine Plage, das dürfen S' mir glauben, Mrs. Cohen. Vielleicht können S' etwas lauter sprechen und langsam, vor allem langsam.«
»The weather«, brüllte Mrs. Cohen halb aufgerichtet und deutete in den blauen Himmel. »Keine Wolken, alles klar, nice weather, isn't it?«
Onkel Pubo richtete seine Augen zum Himmel: »Ah, ja, ich seh's, ein Flugzeug. Wissen Sie, ich bin ja zum erstenmal geflogen in meinem Leben, und ich muß sagen, das ist schon ein erhebendes Gefühl. Seinerzeit im Ersten Weltkrieg, da wär ich ja beinahe zu den Aufklärungsfliegern gekommen, aber dann hat's nicht geklappt, weil ich zu schwer war, und dann hab' ich mich bei den Gebirgsjägern auch recht wohl gefühlt.«
»Ich kann nicht verstehen, was Sie sagen«, brüllte Mrs. Cohen.
Onkel Pubo setzte sich nach einer kleinen Verbeugung neben sie auf die Gartenbank und fuhr fort: »Wo bin ich stehengeblieben, ach ja, bei den Gebirgsjägern. In Amerika gibt's ja, soviel ich weiß, auch ziemlich hohe Berge, nedwahr, die Rocky Mountains.«
Mrs. Cohen begeistert: »Oh, Sie kennen die Rocky Mountains! Very interesting. How did you like them?«

»Ja, Sie haben ganz recht. Als Gebirgsjäger ist es nicht einfach gewesen damals im Ersten Weltkrieg . . .« Und Onkel Pubo fuhr fort, der langsam entschlummernden Mrs. Cohen seine Kriegserlebnisse zu berichten.
»Ein reizender Mann, Ihr Onkel, so aufmerksam und höflich«, sagte Mrs. Cohen bei ihrer Abreise zu mir. »Schade, daß er so schwer hört.«
»Also, diese Mrs. Cohen war eine Frau von Format, das muß man schon sagen«, erinnerte sich Onkel Pubo noch Jahre später. »Das findet man selten, daß sich eine Frau für den Ersten Weltkrieg interessiert und noch dazu für Gebirgsjäger, die es meines Wissens überhaupt nur in Bayern und Österreich gegeben hat. Da kann man nur sagen: Alle Achtung.«

20

Eines Abends gegen zehn Uhr betrat ich leise unser Schlafzimmer, um Michi und Christian, die wieder einmal vor Samantas Klavierspiel die Flucht ergriffen hatten, in ihr eigenes Zimmer zurückzubringen. Michi lag selig schnarchend, seinen Teddybären umklammernd wie einen Rettungsring, zwischen den Kissen. Das andere Bett war leer. Christian, der darin liegen sollte, stand statt dessen am offenen Fenster und sah in den nächtlichen Garten hinaus. Im Lichtschein, der aus einer der oberen Wohnungen fiel, erkannte ich, daß er einen Finger an den Mund legte und mich zu sich heranwinkte.

»Ich dachte, du schläfst längst. Was machst du denn am Fenster?« flüsterte ich.

»Ich konnte nicht einschlafen«, flüsterte er zurück. »Zuerst hörte ich Samanta dauernd Klavier spielen . . .«

»Augenblick mal, das kannst du doch hier hinten gar nicht hören.«

»Doch«, beharrte er. »Sie hat auch nicht richtig gespielt, sondern mehr getrommelt. Immer ganz viele Töne auf einmal. Es klang gräßlich. Ganz falsch und schrill. Und dann«, fuhr er fort, »dann fing Michi zu schnarchen an, wie Onkel Pubo, wenn er abends fernsieht, und dann hat plötzlich jemand im Garten zu weinen angefangen.«

Ich trat vorsichtig neben ihn ans Fenster.

»Siehst du, da hinten auf der Schaukel, da sitzt jemand«, flüsterte Christian. »Ich glaube, es ist Samanta. Sie hat schrecklich geschluchzt. Aber jetzt ist sie schon eine ganze Weile still und schaukelt nur noch hin und her.«

Ich sagte: »Du hast zuviel Phantasie, mein Sohn. Ich sehe niemanden auf der Schaukel. Und wer immer da geweint hat, ist inzwischen sicher längst dort, wo du auch hingehörst: Im Bett. Komm jetzt. Mister Page hat etwas gegen unausgeschlafene Jungen.«

Ich lud mir Michi wie einen Mehlsack über die Schulter und schleppte ihn, von Christian gefolgt, den langen Weg ins Kinderzimmer. Dort deckte ich die beiden zu, schloß vorsichtig die Tür und kehrte ins Schlafzimmer zurück. Christians Erzählung hatte meine Neugierde geweckt, und die Frage, ob England der EWG beitreten solle oder nicht, würde sicher noch zahllose Fernsehdebatten hindurch ungelöst bleiben, auch wenn Jonathan gebannt vor dem Bildschirm saß, als müßte die Entscheidung jeden Augenblick fallen.

Ich lehnte mich gegen den morschen Fensterrahmen und atmete die weiche Nachtluft ein, in der sich der Duft von Jasmin und Kletterrosen betörend mischte. Plötzlich ahnte ich mehr, als daß ich es sah, eine Gestalt über den Rasen kommen. Es war Samanta. Sie steuerte auf den schmalen Weg zu, der um unser Schlafzimmer herum zur Vorderfront des Hauses führte, und erschrak genauso wie ich, als wir uns in der Dunkelheit plötzlich gegenüberstanden.

»Hallo, Samy«, sagte ich halblaut. »Ich habe gerade die Kinder zu Bett gebracht und konnte mich nicht von dieser wundervollen, lauen Nacht trennen.«

»Ja, es ist eine wundervolle Nacht«, erwiderte Samanta tonlos. »In solchen Nächten ist mein Vater früher manchmal mit mir über die Brooklyn-Brücke ans andere Ufer des Hudson gefahren. Wir blieben im Wagen sitzen und haben über den Fluß hinweg die Lichter von Manhattan betrachtet. Es war ein phantastisches Schauspiel, und es kommt mir vor, als sei es eine Ewigkeit her.« Sie schluckte. »Es hat keinen Zweck, daß ich dir etwas vorspiele«, sagte sie dann mit mattem Lächeln. »Tatsache ist, daß ich seit einer Stunde auf der Schaukel sitze und heule. Wenn ich so verzweifelt bin wie heute, dann gehe ich immer zur Schaukel und weine mich dort aus.«

»Ist irgend etwas Schlimmes geschehen?« fragte ich.

»Ich weiß nicht, ob es besonders schlimm ist. Ich weiß nur, daß ich keine Kraft mehr habe, daß ich das Leben, das ich führe, hasse, daß mich die Menschen, die um mich herum sind, krank machen und daß ich nicht weiß, wovon ich morgen unser Abendessen bezahlen soll.«

»Samy«, sagte ich, »du bist ja ganz außer dir. Soll ich zu dir hinauskommen?«

Sie zögerte einen Augenblick, versuchte sich aufzurichten und die gewohnte graziöse Kopfhaltung anzunehmen, die ihr hübsches Kinn und ihren schlanken Hals so gut zur Geltung brachte, aber dann ließ sie Schultern und Arme mit einer matten Geste sinken und sagte: »Ja, bitte komm heraus in den Garten. Wir könnten uns eine Weile auf die Stufen beim Rosenbeet setzen. Da vermutet uns niemand.«

Sie ging voraus, und ich kletterte in einem raschen Entschluß durch das niedrige Fenster unseres Schlafzimmers ins Freie, wobei es mir gerade noch gelang, den nach außen kippenden Rahmen in die vom Architekten vorgesehene Stellung zurückzupressen. Dann ließ ich mich neben Samanta auf die von Unkraut überwucherten Steinstufen nieder.

Dicht überm Hausdach stand eine schmale Mondsichel in einem rötlichen kreisrunden Hof. Obgleich es im Garten völlig windstill war, glitten unruhige Wolkenfetzen über den Himmel. Vor uns lag das helle Geviert von Rays Küchenfenster – vermutlich bereitete er sich seinen allerletzten Whisky-Soda zu –, darüber schimmerten die Scheiben von Jessicas unwirklichem Reich aus Plüsch, Samt und kranken Phantasien. Beide Fenster waren oft bis drei Uhr morgens erleuchtet, wenn im Garten schon die ersten Vögel erwachten.

Samanta wartete nicht, bis ich sie nach dem Grund ihres Kummers fragte. Sie öffnete ganz einfach ihre Schleusen und ließ aus sich herausströmen, was sie bedrückte. Johns Theaterstück sei abgelehnt worden, erzählte sie. Das heißt, es sei nicht eigentlich abgelehnt worden, aber John müßte den ersten und den dritten

Akt umschreiben, wenn das Stück überhaupt eine Chance haben soll.
»Und warum schreibt er ihn nicht um?«
»Weil er beleidigt, verletzt und zutiefst getroffen ist. Er weigert sich zu begreifen, daß man ihm sein Kunstwerk nicht aus den Händen gerissen hat«, sagte Samanta. John sei ein Kind. Ein hochbegabtes Kind, gewiß, aber ein Kind ohne Beharrungsvermögen, ohne Verantwortungsgefühl, ganz seinen Launen, seinen egozentrischen Wünschen und seinen unberechenbaren Wutanfällen ausgeliefert. Er, der nach außen hin so Ruhige und Überlegene, stehe in Wirklichkeit der Realität vollkommen hilflos gegenüber. »Versteh mich recht«, schluchzte Samy. »Ich liebe ihn und ich würde nie einen Millimeter von seiner Seite weichen, aber manchmal wird mir die Last einfach zu schwer. Ich habe ihm den Posten als Direktor der Sprachenschule besorgt, ich habe ihn in den Aufsichtsrat der Fabrik geboxt, ich habe den Vertrag mit dem Verlag abgeschlossen, für den er die Encyclopedia Britannica verkaufte, und ich habe schließlich die Idee zu seinem Theaterstück gehabt. Ich habe ihn immer wieder ermuntert und ihm den Glauben an seine schriftstellerische Begabung zurückgegeben, wenn er an sich zweifelte. Wir haben das Stück gemeinsam Zeile für Zeile, Szene für Szene erarbeitet. Und jetzt, so kurz vor dem Erfolg, weigert er sich, die letzte notwendige Anstrengung zu unternehmen.« Samanta legte den Kopf auf ihre im Schoß verschränkten Arme. »Ich weiß nicht mehr weiter«, murmelte sie. »Ich weiß nicht, wie ich John dazu

bringen soll, endlich ein Mann zu werden und seine verdammte Pflicht gegenüber seinen Kindern und seiner Frau zu tun. Er soll meinetwegen als Straßenkehrer arbeiten, aber mir endlich diese drückenden Geldsorgen abnehmen.« Sie richtete sich wieder auf und strich sich mit beiden Händen die Haare aus dem Gesicht. »Wir haben Schulden bei Mister Harrison und bei Mister Tom. Wir haben den Milchmann seit zwei Monaten nicht bezahlt, und mein Konto bei Harrod's ist längst überzogen. Ich war letzte Woche so weit, daß ich meinem geschiedenen Mann, diesem herzlosen, geizigen Ekel, einen Bettelbrief schrieb, ob er nicht wenigstens die Schulgebühr für Celia übernehmen könnte. Gott der Allmächtige weiß, was mich das für eine Überwindung gekostet hat. Frank hat ja glücklicherweise sein Stipendium«, seufzte sie mit schmerzlichem Lächeln.

»O Samy, wie leid mir das alles tut«, sagte ich und streichelte vorsichtig ihren Arm. »Ich verspreche dir, daß ich morgen sofort zur Bank gehe, um zu sehen, mit welcher Summe ich dir aushelfen kann.«

»Hör sofort auf damit«, rief Samy da mit mühsam unterdrückter Stimme und mit dem flammenden Blick eines Erzengels. »Wenn du glaubst, ich habe dir all das erzählt, um Geld von dir zu bekommen, dann habe ich mich auf schreckliche Weise in dir getäuscht.« Tränen liefen ihr wieder übers Gesicht.

»Aber ich suche doch nur einen Weg, um dir zu helfen«, sagte ich und fand, daß meine Worte unangemessen trocken und sachlich klangen.

Die Tatsache, daß Samy, die jeder Situation gewachsene, hinreißende, bewunderungswürdige Samy in Tränen aufgelöst neben mir saß, machte mich ganz schwindlig.
»Helfen kann mir nur ein Mensch, und das bin ich selbst«, sagte Samy nach einer Weile und betupfte ihre Wangen mit einem zarten Etwas von Taschentuch. »Ich habe es bisher geschafft und ich werde es auch weiterhin irgendwie schaffen.« Sie sah geradeaus vor sich hin. »Ich darf mich eigentlich nicht beklagen«, stellte sie dann fest. »Ich bin von ungewöhnlich begabten Menschen umgeben. Ich habe vier Kinder, die schon in frühester Jugend großartige Leistungen vollbringen, und einen hochtalentierten Mann, dessen Genie irgendwann einmal zum Durchbruch kommen wird. Sie alle erwarten meinen Rat und meine Unterstützung und wären ohne mich hilflos. Nein, ich habe keinen Grund zu verzweifeln. Wenn John morgen irgendeinen mittelmäßigen, gut bezahlten Job angeboten bekäme, der unter seinem Niveau und seinem geistigen Anspruch liegt, ich würde mich zu seinen Füßen werfen und ihn anflehen, darauf zu verzichten. John wird eines Tages seine Bestimmung entdecken«, fügte sie pathetisch hinzu. »Ich muß ihm nur dabei helfen.«
Ich sah im blassen Licht des Mondes, daß Samanta ihre Haltung wiedergefunden hatte und sehr schön und entschlossen aussah.
»Vielleicht solltest du ihn einfach einmal ganz alleine entscheiden lassen, was er tun will«, gab ich zu beden-

ken. »Vielleicht fühlt er sich von deiner Klugheit und Tüchtigkeit deprimiert.«
Samanta schaute mich groß an. »Verzeih, aber ich glaube, das kannst du nicht richtig beurteilen. Ich werde jedenfalls morgen den Direktor des Konservatoriums anrufen und ihm sagen, daß ich noch einige Schüler annehmen kann. Im Augenblick ist das Wichtigste, daß Maureen in dieser phantastischen Schule bleiben kann, auch wenn sie ein Vermögen kostet. Ein Kind, das mit vier Jahren Shakespeare liest, gehört ganz einfach auf die allerbeste Schule, die London bieten kann.«
»Sicher, Samy«, sagte ich. »Sicher, aber glaubst du nicht, du solltest ab und zu auch mal an dich selbst denken? Manchmal habe ich nämlich das Gefühl, daß du mit Abstand die Begabteste unter all den phantastisch begabten Menschen um dich herum bist. Ich verstehe ja nicht übermäßig viel von Musik, aber Jonathan sagt, du seist eine glänzende Pianistin, und ich finde es ungerecht, daß du nie dazu kommst, ausreichend zu üben, um ein Konzert zu geben.« Es müßte ja nicht unbedingt nachts sein, dachte ich bei mir.
»Ach, Gela, wie gut du mich verstehst!« seufzte Samanta. »In schwachen Augenblicken streifen mich ähnliche Gedanken. Ich stand in der Tat an der Schwelle zu einer großen Karriere, bevor ich mit achtzehn meinem Vater eine Einwilligung in die Ehe mit einem gräßlichen, verknöcherten Musikprofessor abtrotzte. Aber lassen wir das.« Sie wischte ihre Vergangenheit mit einer graziösen Bewegung ihrer Hände zur

Seite. »Ich finde das Leben, so wie es ist, eine herrliche, aufregende Angelegenheit. Stell dir vor, man würde jeden Tag wissen, was morgen geschieht, man würde in finanzieller Sicherheit leben und sich nicht mehr bis zum letzten verausgaben und mit jeder Faser kämpfen müssen! Stell dir vor, alles rings um einen liefe gleichmäßig und in geregelten Bahnen ab!« Sie breitete beschwörend die Arme aus und schloß aufseufzend: »Ich glaube, so ein Leben würde mich zu Tode langweilen, ich glaube, es wäre nicht wert, gelebt zu werden.«
Samanta stand auf, sog mit einem tiefen Atemzug den Duft der Rosen ein, winkte mir mit strahlendem Lächeln zu und lief leichtfüßig den dunklen Gartenweg entlang.
Ich blieb fröstelnd auf den kalten Stufen zurück. Der Mond war längst hinter den ruhelosen Wolken verschwunden, ein paar träge Regentropfen platschten auf die Steine.
Ich wußte ziemlich genau, was morgen passieren würde. Ich wußte, daß Jonathans Londoner Vertrag über zwei Jahre lief, daß in München ein gemütliches Haus auf uns wartete und daß ich vermutlich auch noch während der nächsten fünf Jahre für meine Zeitung arbeiten würde. Das Schlimmste aber war: in meiner ganzen Familie gab es weit und breit kein begnadetes Genie, wirklich nicht ein einziges. Und falls Michi oder Christian überraschenderweise eines Tages tatsächlich geniale Züge entwickeln sollten, so würde ich es womöglich übersehen. Ich fühlte mich todtraurig und wäre am liebsten zur Schaukel gegangen, um mich

richtig auszuweinen. Glücklicherweise begann in diesem Augenblick ein heftiger Platzregen.
Am nächsten Tag stieg Samanta gegen 12 Uhr mittags mit einer großen Tüte von Harrod's aus dem Auto. »Hallo, Gela«, rief sie mir zu. »Schau, was ich bei Harrod's gefunden habe, ist es nicht zauberhaft?« Sie öffnete die Tüte und ließ mich auf etwas Schwarzes, Glitzerndes blicken. »Ein Hausanzug«, erklärte sie. »Ein Traum von einem Hausanzug. Es war ein einmaliges Modell. Ich bekam es zum halben Preis, weil es auf eine ganz schlanke, mädchenhafte Figur geschnitten ist. Kommst du mit Jonathan heute abend auf einen Drink zu uns? Ich muß es unbedingt vorführen!« Sie raffte die Tüte von Harrod's und ein paar rosa-weiß gestreifte Kartons zusammen, die ganz offensichtlich von Louis' Konditorei stammten, und eilte die Stufen zur Haustür hinauf.

21

Viele Jahre vor unserer Londoner Zeit interviewte ich einmal den Schauspieler Adolf Wohlbrück, der vor dem Krieg nach England emigriert war und als Anton Walbrook in Hampstead gelebt hatte. Wohlbrück, alias Walbrook, war, als ich ihn in München traf, bereits ein sehr alter Herr mit schlohweißem Schnauzbart, aber immer noch so schlank, elegant und voller Ironie wie in seiner berühmten Rolle in dem Film »Der Reigen«.
Ich kann mich erinnern, daß ich ihn fragte: »Hampstead – was ist das für ein Stadtviertel?«
Er lächelte nachsichtig über diese Frage einer ahnungslosen, jungen Reporterin und sagte: »Das läßt sich schwer erklären. Man muß dort gelebt haben, um zu verstehen, was Hampstead ist.«
Und dann war er so freundlich, mir den Namen zu buchstabieren.
Wohlbrück erzählte mir auch eine Anekdote über den berüchtigten Londoner Smog, jenen undurchdringlichen, grüngelben Nebel, der sich früher alle paar Wochen wie eine Glocke über die Stadt senkte und Autos gegen Laternenpfähle, Busse gegen Autos und Menschen gegen Hauswände rennen ließ.
Er gab damals in einem der hübschen, altmodischen

Theater rund um die Shaftesbury Avenue einen Chansonabend. »Das letzte Lied in meinem Programm hatte zwölf Strophen«, erinnerte er sich. »Als ich bei der dritten Stophe angelangt war, sah ich, wie plötzlich unter den roten Samtvorhängen, die die Fenster verhüllten, weiße Nebelschwaden hervorquollen und langsam zu den Rängen emporschwebten. Nach der fünften Strophe waren die beiden obersten Ränge im Nebel verschwunden, nach der siebenten auch die Balkons. Dann senkten sich die unerbittlich aus den Vorhängen kriechenden Wogen über die hintersten Parkettreihen, verschluckten die Menschen, die dort saßen, und legten sich wie Watte um Lampen, Säulen und Kronleuchter. Als ich zur zehnten Strophe ansetzte, wurden auch die beiden vordersten Parkettreihen gemächlich, aber unaufhaltsam aufgesaugt. Mein Dirigent und ich – wir begaben uns in eine Art Wettrennen mit dem Nebel. Während der elften Strophe ragte nur noch sein Kopf, später gelegentlich die Spitze seines Taktstocks aus den milchigen Schwaden. Die letzte Strophe sang ich mutterseelenallein gegen eine undurchsichtige Nebelwand, die mir bis zu den Knien reichte.«

»Hü-hübsche Anekdote, wirklich s-sehr hübsch«, stellte Ray anerkennend fest, als ich ihm die Geschichte eines Tages berichtete. »Aber weißt du, wie ich Sh-sheila kennengelernt h-habe?«

Ich wußte es nicht.

»M-muß ich dir unbedingt erzählen«, sagte Ray mit einem verschmitzten Augenblinzeln.

Es war – wenn man Ray glauben durfte – während einer der heftigsten und andauerndsten Smogattacken, die London je zu bestehen hatte. Ray wurde auf seinem Motorrad vom Nebel überfallen, geriet irrtümlich in einen der romantischen, kleinen Parks, die in London überall zwischen den Straßenkarrees liegen, rammte dort eine Bank und schleppte sich mit einer Platzwunde an der Stirn und einer mittleren Gehirnerschütterung weiter, bis er mit einem Mann zusammenstieß, der – ein Taschentuch vors Gesicht gepreßt – zur nächsten Telefonzelle tappte und die Ambulanz rief. Sie fuhr Ray im Schrittempo ins nächstgelegene Krankenhaus. Es war ein überalteter, weitläufiger Bau unmittelbar am Ufer der Themse. Dort angekommen, glaubte Ray, sein Zustand sei überaus bedenklich, denn er konnte Aufnahmepersonal, Schwestern, vorbeieilende Ärzte sowie ein halbes Dutzend weiterer Unfallopfer des Nebels nur undeutlich und wie durch einen Schleier erkennen. Eine Schwester, die schattenhaft auf ihn zuschwebte und ihn in einen Pflegesaal geleitete, wo etwa dreißig Betten im trüben Lampenlicht schwammen, erklärte Ray, er brauche nicht um seine Wahrnehmungsfähigkeit zu fürchten, es herrsche nur – wie er selbst ja am besten wissen müsse – Nebel, und der sei am Themseufer bedauerlicherweise besonders penetrant. Dann packte sie ihn in ein weit entferntes Bett am Fenster und riet ihm, nur aufzustehen, wenn es unbedingt nötig sei.
Ray schlief ein Weilchen, verspürte dann die unbezwingliche Gier nach einer Zigarette, hüllte sich in sei-

nen Mantel und wanderte an seinen verschwommenen Mitpatienten vorbei auf den Gang hinaus. Dort ging er ein wenig auf und ab, versuchte gelegentlich einen Blick durch die blinden Fensterscheiben zu werfen und tastete sich dann in den Krankensaal zurück.

Nach einigem Suchen fand er eine Tür, ging vorsichtig an den Betten vorbei, die wie weiße, runde Hügel aus dem dunstigen Hintergrund auftauchten, und legte sich hin. Das heißt, so weit kam er gar nicht, denn eine helle Frauenstimme, die in äußerstem Entsetzen rief: »Hilfe, ein Mann!«, ließ Ray wieder hochfahren. Er hatte im Nebel die Türen verwechselt, war in einen Krankensaal für Frauen geraten und dort blindlings auf das Bett am Fenster zugetappt. Das dralle, blonde Mädchen, das darin lag, war eine junge Schauspielerin, der man, kurz bevor sie in ihrer allerersten kleinen Rolle auftreten sollte, die Mandeln hatte entfernen müssen. Sie hieß Sheila, ließ sich ein paar Wochen später von einem stolzgeschwellten Ray heiraten und gebar ihm zwei hübsche, blonde Kinder, bevor sie überraschenderweise beschloß, sich zu emanzipieren und sowohl andere Männer als auch einen neuen Beruf auszuprobieren.

Jonathan ließ sich von Kollegen bestätigen, daß das alte Krankenhaus an der Themse tatsächlich zu den nebligsten in ganz London gehört hatte. Dennoch ließ er sich nicht von der Vermutung abbringen, der Nebel, durch den sich Ray in Sheilas Bett getastet hatte, sei zumindest zu einem Teil alkoholischer Natur gewesen.

Als wir in London lebten, war der Smog längst Legende geworden. Man hatte die Abgase und Rauchwolken aus Fabriken und Schornsteinen gefiltert und entgiftet, London war garantiert nebelfrei.
Mit Ausnahme eines einzigen Ortes: des Flughafens Heathrow. Ich weiß nicht, wer Heathrow geplant, erbaut und zu einem der wichtigsten Verkehrsknotenpunkte Europas gemacht hat. Ich weiß nur, daß Heathrow der nebligste Ort ist, den ich kenne, ausgenommen vielleicht das Kitzbühler Horn in der letzten Dezemberwoche. Ein unabhängiges Gremium von Wetterexperten, das aus irgendeinem wissenschaftlichen Grund eine Stelle auf unserem Globus finden müßte, wo am häufigsten, zu den unvermutetsten Zeiten und mit größter Intensität und Dauer Nebel auftritt, würde – dessen bin ich sicher – mehrmals gedankenvoll einen Globus vor sich kreisen lassen und dann übereinstimmend mit dem Bleistift auf eine winzige Stelle dreißig Kilometer westlich von London deuten: Heathrow.
Meine häufigen kurzen Flugreisen, die ich aus beruflichen Gründen von Heathrow aus antrat, begannen fast ausnahmslos so: ich packte bei strahlender Morgensonne mein Köfferchen, bat Jessica, sich der Kinder anzunehmen, wenn sie aus der Schule heimkamen, kritzelte Jonathan letzte Anweisungen bezüglich der Herstellung von Spiegeleiern auf einen Zettel und fuhr frohgemut mit dem Taxi durch den lichten Morgen in Richtung Flughafen. Kaum hatten wir die Stadt hinter uns gelassen und waren etwa zehn Minuten auf der

Autobahn, verlor der Himmel plötzlich seine intensive Bläue und bezog sich mit milchigem Weiß. Auf den Wiesen links und rechts der Schnellstraße waberte feuchter Dunst, der sich nach zwei weiteren Kilometern zu grauen Nebelschwaden verdichtete. Bevor man in den langen Tunnel zum Flughafengebäude einfuhr, konnte man die Außenwelt immerhin noch in gedämpften Umrissen erkennen. Tauchte man wieder aus dem Tunnel auf, sah man sich einer massiven grauen Wand gegenüber, hinter der man das Flughafengebäude nur ahnen konnte.

Ich habe einmal, um ein Interview in Brüssel wahrzunehmen (Flugzeit hin und zurück neunzig Minuten), volle zweieinhalb Tage in Heathrow verbracht, von liebenswürdigen Beamten, Stewardessen und Lautsprecheransagen ständig in der erwartungsvollen Ungewißheit gehalten, ob wir nicht doch innerhalb der nächsten Stunde (des Vormittags, Nachmittags, späteren Abends oder gleich in aller Frühe am nächsten Tag) starten würden.

Wann immer unsere Kinder mit dem Flugzeug von einem Besuch in Deutschland heimkehrten, rasten wir im Auto, böser Ahnungen voll, nach Heathrow, krochen die letzten drei Kilometer im Schrittempo durch eine plötzlich herabgesunkene Nebelwand, hörten gerade noch die letzte Lautsprecherdurchsage, die mitteilte, daß die Maschine aus München nach Luton oder Gatwick umgeleitet worden sei, und fuhren mit dieser Maschine um die Wette zu dem jeweils genannten, über eine Stunde entfernten Ersatzflughafen, um die

verlassen und übermüdet in einer leeren Halle sitzenden Kinder in Empfang zu nehmen.
Aber wie gesagt: mit Ausnahme des Flughafens Heathrow ist London seit vielen Jahren allen hartnäckigen Gerüchten zum Trotz eine absolut nebelfreie Stadt.

22

Es war kurz vor Weihnachten. Unser letzter Abend in Redington Road war angebrochen. Die Wohnung wirkte ohne Möbel sehr groß, sehr hoch und wieder sehr blau und gelb. Jonathan und ich hatten es uns auf zwei Gartenliegen im Wohnzimmer bequem gemacht, die uns Samanta geliehen hatte. Zu unseren Häupten gurgelte und stöhnte leise einer der beiden messingfarbenen Heizkörper und mühte sich rührend und erfolgloser denn je, gegen die feuchte Kälte anzukämpfen, die durch die Ritzen der ausgeleierten Schiebefenster kroch. Die Wand am Nordfenster sah im bleichen Licht einer einzelnen Birne hoch droben an der Decke wieder verdächtig grün aus. Unser Nachfolger, Mr. Mayday, würde wohl bald den Klempner rufen müssen.

Der kahle Fleck auf dem Teppichboden mitten im Zimmer glänzte aufdringlich. Wir hatten ihn bis zuletzt erfolgreich vor Mister Mayday tarnen können.

Michi und Christian schliefen bei Ray im Kinderzimmer. Ray hatte schließlich doch noch begonnen, auch diesen letzten, unversehrten Raum seiner Wohnung umzubauen. Augenblicklich mußte man die Tür, anstatt sie zu schließen, gegen eine gähnende Maueröffnung lehnen. Als wir zum Gute-Nacht-Sagen an die beiden übereinanderstehenden Betten von Michi und Christian traten, merkte ich, daß Christian herzzerbrechend weinte. »Ich will in England bleiben«, wiederholte er immer wieder und stieß dabei kleine, unterdrückte Schluchzer aus. »Ich will nicht nach Hause. Ich habe so schrecklich Heimweh nach England.«

Ich strich ihm beruhigend über sein heißes Gesicht, das ganz naß von Tränen war. »Heimweh kann man erst haben, wenn man von einem Ort abgereist und an einem anderen angekommen ist«, sagte ich leise, und: »Wir werden ja wiederkommen. Wir werden jedes Jahr hierher zurück in unser Haus kommen und alle besuchen. Dann wird es jedesmal so sein, als ob wir noch hier wohnten.«

»Das sagst du nur, um mich zu trösten«, murmelte Christian. »Es wird nie wieder so sein, wie es war.« Er rückte sein Kopfkissen zurecht, schluckte noch ein paarmal und schlief ein.

Eine Etage tiefer lag Michi hellwach mit blitzenden Augen unter seiner Decke. »Endlich«, seufzte er, »endlich fahren wir heim nach München. Es war aber auch höchste Zeit.«

»Warst du denn nicht gern hier?« fragte ich.

»Ich bin gern zu Hause, wo wir hingehören«, antwortete er wie aus der Pistole geschossen.

»Glaubst du nicht, daß du später einmal Heimweh nach England haben wirst?«

»Nein«, sagte Michi nachdrücklich und setzte sich im

Bett auf. »Ich habe die ganze Zeit immer nur Heimweh nach zu Hause gehabt.« Damit kuschelte er sich unter die Decke und drehte uns den Rücken zu.
»Tapferer, kleiner Kerl«, sagte ich halblaut zu Jonathan. »Hattest du eine Ahnung davon, daß er in Gedanken immer zu Hause war? Zwei Jahre lang?«
»Ich dachte mir's manchmal«, sagte Jonathan ruhig. »Aber du darfst jetzt nicht deshalb traurig sein. Er hat eine herrliche Zeit hier gehabt und sicher wochenlang nicht den kleinsten Gedanken an zu Hause verschwendet. Aber für ihn bedeutete unser Aufenthalt hier eben immer nur eine Zwischenstation. Er ist unbestechlich. Er läßt sich nicht so leicht überwältigen wie sein Bruder, und er hat einen eisenharten Schädel unter seinen drolligen Locken.«
»Ich bin nicht wegen Michi traurig«, sagte ich später in die durchsichtige Dunkelheit unseres Wohnzimmers hinein. »Es ist nur der Abschied von diesem Haus und von Samanta und Jessica und Ray und all den anderen. Ich glaube, wir werden später an diese zwei Jahre zurückdenken als die besten, die wir je hatten.«
»Vielleicht«, gähnte Jonathan. »Aber ein paar Jahre haben wir ja auch noch vor uns, nicht wahr? Und eine Toilette mit funktionierender Wasserspülung und eine vollautomatische Ölheizung sind auch nicht zu verachten.«
»Ganz zu schweigen von einem kühlen Bier in einem bayerischen Wirtsgarten unter lauter Kastanienbäumen und mit einem barocken Zwiebelturm vor der

Nase«, sagte ich und mußte lächeln, obwohl meine Augen naß waren.
»Siehst du, es ist gar nicht so schlimm, heimzukommen«, sagte Jonathan, zog mir fürsorglich die Decke über die Schulter, drehte sich um und gab vor zu schlafen. Aber ich wußte, daß er nur so tat, als ob er schliefe, um mir den Abschied nicht noch schwerer zu machen. Ich wußte, daß auch Jonathan einen großen Teil seines Herzens für immer an dieses alte Haus in Hampstead verloren hatte.
Am nächsten Morgen kochte uns Jessica heißen, schwarzen Kaffee, und wir sahen unter ihren bauschigen, rosaroten Gardinen zum letztenmal auf Redington Road hinaus. Gleich würde der chinesische Butler vor der Villa gegenüber anfangen, den silbernen Rolls-Royce zu polieren, und kurz darauf würde Bill, der Milchmann, in seinem kleinen, lautlosen Lieferwagen die Steigung heraufrollen, um vor den Haustüren volle Milchflaschen gegen leere auszutauschen und Schinken, Eier und Toastbrot zu hinterlegen.
Unter dem grauen, niedrigen Himmel, von kahlen Rosen- und Oleanderbüschen kaum noch verborgen, wirkten die Häuser, soweit man sie sehen konnte, mit ihren Erkern und Türmchen, steinernen Bogen und gewaltigen Fensterfronten verschlossen und abweisend.
»Vielleicht wird es bald schneien«, sagte Jonathan, um etwas zu sagen. »Dann wird Redington Road abends wieder voller herrenloser Autos stehen, die die Leute

einfach stehengelassen haben, weil sie die rutschige Fahrbahn fürchten.«

»Vielleicht friert das Wasser im Pond bald ein«, sagte Christian. »Vielleicht kann man am Sonntag in der Heide Schlitten fahren«, sagte Michi.

Und Christian fügte nach einer Weile zu Jessica gewandt hinzu: »Bitte, sag Tom, daß wir ihm unseren Schlitten dagelassen haben. Es ist ein Geschenk. Ein richtiger Schlitten ist einfach besser als Tonnendeckel. Noch dazu, wo unsere sowieso alle zerbrochen sind.«

»Ich werd's ihm ausrichten«, versprach Jessica und drückte Christian in einer plötzlichen Aufwallung fest an sich. »Hoffentlich ist Tom nicht bald zu groß, um noch Schlitten zu fahren. Weißt du, er ist ja schon fast erwachsen. Er wird bald siebzehn.«

»Da brauchst du keine Angst zu haben«, sagte Christian. »Tom wird immer Lust haben, Schlitten zu fahren. Er ist – er ist einfach zu nett, um richtig erwachsen zu werden.«

Es wurde Zeit, aufzubrechen. Wir gingen leise die knarzende Treppe hinunter, um niemanden zu stören. Aber dann standen sie plötzlich doch alle unter der Haustüre: Samanta und John mit Maureen und Lena auf dem Arm. Ray, der uns mit einer Whiskyflasche zuprostete, Jessica, magerer und blasser denn je, und, ein wenig schwerfällig und wieder ergraut, Richard. Von Tom und Larry hatten sich unsere Kinder schon am Wochenende verabschiedet. Sie waren ebenso in der Schule wie Frank und Celia und die Kinder von Ray. Alle hatten mit Michi und Christian Adressen

und kleine Geschenke getauscht und geschworen, für immer Freunde zu bleiben.
Wir stiegen ins Auto und kurbelten die Fenster herunter. Die Zurückgebliebenen winkten.
Jonathan fuhr langsam den Weg entlang, den die Kinder jeden Tag von St. Patrick's Junior School nach Hause gewandert waren, den ich unzählige Male todmüde und mit schmerzenden Füßen, aber niemals unberührt vom Zauber der Häuser und Gärten zurückgelegt hatte. »Hoffentlich findet Ray bald eine passende Stellung«, sagte Jonathan.
»Hoffentlich nehmen sie Johns Theaterstück doch noch an«, sagte ich.
»Ich glaube, wir hätten Richard doch eine Mona Lisa abkaufen sollen«, warf Christian von hinten ein. »Tom hat mir erzählt, daß sein Vater das Schulgeld für ihn und Larry kaum noch bezahlen kann.«
»Darüber mußt du dir keine Gedanken machen«, beruhigte ihn Jonathan. »Ich bin sicher, bevor sie ihre Kinder von den teuren Privatschulen nehmen, werden sie alle miteinander ganz einfach anfangen zu arbeiten.«
Als wir in Calais die Fähre verließen, stand auf einem Schild an der Straße: »Vergiß nicht, rechts zu fahren.« Wir fühlten uns fremd und unbehaglich im Auto und erschraken jedesmal, wenn uns ein Wagen entgegenkam.
Paris war kalt und menschenleer. Jonathan fragte in einem Bistro gegenüber von Notre-Dame den Wirt, ob er ihm ein paar Münzen zum Telefonieren wechseln

könne. »Diese verdammten Fremden! Dauernd wollen sie bei mir telefonieren«, brummte er, wühlte mürrisch ein paar Centimes aus einer Schublade und warf sie uns unfreundlich hin.
In München lag Schnee. Alle Menschen hatten dicke, formlose Mäntel an und große, runde Pelzmützen auf dem Kopf, Männer ebenso wie Frauen. Wir hatten vergessen, daß die Stadt nur eine Autostunde von den Alpen entfernt liegt.
»Die Leute sehen hier alle so komisch aus«, sagte Michi. »Wie am Nordpol.«
Christian begann die Fußgänger zu zählen, die keine Pelzmütze aufhatten. Kurz bevor wir in die Straße zu unserem Haus einbogen, wollte Jonathan einen Mercedes überholen. Der Fahrer warf ihm einen bösen Blick zu und trat aufs Gas. Sofort vergaß Jonathan zwei Jahre höflicher englischer Fahrpraxis, tippte wütend mit dem Finger an die Stirn und überholte den anderen Wagen. Ein anhaltendes Hupkonzert folgte uns.
Kein Zweifel: wir waren zu Hause.

Epilog

Das Haus in Redington Road

Mrs. Mayday saß am Fenster und ließ lustlos den Pulloverärmel sinken, an dem sie strickte. Mein Gott, ich kann diesen Wagner nicht mehr hören, dachte sie verbittert. Seit Wochen arbeitet Hadrian nun schon am Parsifal. Parsifal! Einfach lächerlich! Als ob irgendein Opernhaus der Welt ihm jemals anbieten würde, den Parsifal zu dirigieren. Wie lange sind wir jetzt schon in England? Drei, nein, zweieinhalb Jahre. Und wie oft hat Hadrian dirigiert? Man kann es an den Fingern abzählen.
Sie nahm ihr Strickzeug wieder auf. Hinter dem aufgeklappten, schwarzglänzenden Deckel des Flügels, Marke Blüthner, tauchte ab und zu das blasse, pferdeähnliche Gesicht ihres Mannes empor, wenn er zu einem besonders heftigen Akkord ausholte.
Warum sind wir nur nach England gekommen, dachte Editha Mayday. Hadrian sagte, in England würde man billiger leben als in Amerika, und anfangs sah es ja auch so aus, als ob er recht hätte. Aber jetzt! Mister Harrison an der Ecke verlangt für sein Roastbeef von Woche zu Woche mehr, Butter, Kaffee und Gemüse sind ge-

nau doppelt so teuer wie vor zwei Jahren, und sogar Mister Priceley nimmt neuerdings fünf Shilling mehr fürs Fensterputzen. Warum mußten wir auch in eine so teure Gegend ziehen. Hampstead! Ausgerechnet! Das ist eine Adresse für Wohlhabende und Erfolgreiche, nicht für uns.

Sie schaute in den Garten hinaus, wo in langen, geraden Reihen die Tulpen standen, als seien sie zum Appell angetreten. Eine Schande, soviel Geld für den Gärtner hinauszuwerfen, dachte sie böse. Von den anderen Hausbewohnern kümmert sich keiner darum, wo wir unseren Anteil hernehmen. Die haben keine Sorgen, die schwimmen in Geld.

Editha stand seufzend auf und strich sich mit beiden Händen die graumelierten, schwarzen Haarsträhnen aus dem Gesicht, das mit den breiten Wangenknochen, der kurzen, stumpfen Nase und dem vollippigen Mund ahnen ließ, daß es einmal sehr reizvoll gewesen sein mußte, früher, bevor sich die grämlichen Falten zwischen Nasenflügel und Mundwinkel eingekerbt hatten und alle Konturen nach unten gesackt zu sein schienen.

»Hadrian«, rief sie dann und ging einen Schritt näher ans Fenster heran. »Hadrian, sieh mal, da gehen fremde Leute durch den Garten. Was die hier wollen?«

Hadrian Mayday unterbrach widerwillig sein Klavierspiel und wandte sich ebenfalls zum Fenster.

Er sah vier Menschen langsam über den Rasen schlendern, der von weißen, frisch gerechten Kieswegen ein-

gefaßt war, einen Mann, eine Frau und zwei Jungen, die vermutlich die Söhne der beiden waren. Der Ältere mochte zwölf oder dreizehn sein und reichte seinem Vater bis an die Schulter. Der Jüngere sah mit seinen kurzen dunklen Locken und dem runden, sonnengebräunten Gesicht seiner Mutter verblüffend ähnlich. Alle vier waren jetzt in der Mitte der Wiese stehengeblieben, schauten nachdenklich hierhin und dorthin, deuteten auf das Haus, auf die Bäume, auf die tadellos gejätete Treppe zum Rosenbeet und schienen sich über ihre Eindrücke zu unterhalten.
»Sag, sind das nicht die L.s, deren Wohnung wir damals übernommen haben?« fragte Editha ihren Mann.
»Ja, ich glaube, sie sind es wirklich. Jetzt gehen sie zu dem Baum, an dem früher die verrostete Schaukel hing, jetzt kommen sie oben am Rosenbeet entlang auf das Haus zu. Sie werden es kaum wiedererkennen, renoviert und gestrichen wie es jetzt ist. Wollen wir sie hereinbitten?« sagte sie in der plötzlichen Hoffnung auf Abwechslung, auf irgend etwas, das sie von ihrer trüben Laune ablenken könnte.
»Wenn du unbedingt willst«, erwiderte ihr Mann müde und dachte: Ihr ist alles recht, um mich bei der Arbeit zu stören. Manchmal glaube ich, sie haßt meinen Beruf. Vielleicht haßt sie auch mich. Seit wir in diesem Haus wohnen, ist es immer schlimmer geworden. Nein, das Haus hat uns kein Glück gebracht . . .
»Jonathan, da macht jemand das Kinderzimmerfenster auf«, rief Gela erschrocken und blieb stehen. »Ich glaube, es ist Mrs. Mayday. O je, und wir wollten doch

nur ein bißchen durch den Garten gehen und alte Erinnerungen auffrischen. Dazu ist es jetzt zu spät. Komm, wir müssen sie begrüßen.«
Das Wohnzimmer sah mit den spärlichen, wie zufällig darin abgestellten Möbeln kalt und fremd aus. »Wir haben unsere Betten hier aufgeschlagen«, erklärte Editha Mayday entschuldigend. »Ich konnte es im Schlafzimmer nicht aushalten. Es ist so klamm und feucht. Ich stamme aus Mexiko, wissen Sie. Ich finde, in England fröstelt man immer, auch wenn die Sonne scheint.« – »Da vorne im Erker stand unser Eßtisch. Könnt ihr euch erinnern?« sagte Gela. – »Klar«, erwiderte Christian mit rauher Stimme. »Und dort in der Ecke stand Christines Schaukelstuhl.«
»Und der Teppich hat noch immer den scheußlichen Fleck«, stellte Michi befriedigt fest, bevor ihm sein Vater warnend auf den Fuß treten konnte.
»Das Haus hat sich ziemlich verändert, nicht wahr«, sagte Hadrian Mayday. »Ich nehme an, Sie wissen, daß keiner von den früheren Mietern mehr hier lebt.«
Gela nickte.
»Kurz nachdem wir eingezogen waren, starb die alte Mrs. Miller«, fuhr Mr. Mayday fort. »Die Erben haben die vier Wohnungen zum Verkauf angeboten. Wir haben uns entschlossen, unsere Wohnung zu kaufen. Offengestanden sind wir nicht ganz sicher, ob dieser Entschluß richtig war. Es ist härter geworden, in England zu leben. Die Inflation, die hohen Preise, die vielen Streiks . . .«
»Ich weiß«, nickte Jonathan. »Als wir Redington Road

heraufkamen, sahen wir an vielen Häusern das Schild ›for sale‹. Es sieht fast so aus, als sei die ganze Straße zu verkaufen.«

»Wer wohnt in der anderen Parterrewohnung?« erkundigte sich Gela. »Als wir am Küchenfenster vorbeigingen, tauchte hinter der Scheibe plötzlich ein kahlköpfiger Mann in weißem Hemd auf und winkte uns heftig fort. Er wirkte sehr aufgeregt und schien ganz außer sich zu sein.«

»Das war sicher Mister Scratch. Er ist Psychiater von Beruf und hat eine – wie sagt man – eine Phobie, glaube ich«, erklärte Editha. »Niemand darf näher als acht Meter an ihn herankommen, sonst fühlt er sich in seinem Gesichtskreis beengt. Es war ziemlich schwierig anfangs, als Samanta und John noch hier wohnten. Jedesmal, wenn die beiden kleinen Mädchen mit ihren Dreirädern an Mr. Scratchs Fenster vorbeifuhren, stürzte er heraus und verjagte sie. Samanta und Mr. Scratch warfen sich die furchtbarsten Beleidigungen an den Kopf, natürlich immer über eine Entfernung von acht Metern. Wenn Samanta, bebend vor Erregung, einen Schritt auf Mr. Scratch zuging, wich er genau um diesen Schritt zurück und umgekehrt. Hadrian fand, es sah jedesmal aus wie eine hervorragend einstudierte Opernszene. Aber Hadrian denkt fast nur an Opern«, schränkte sie ein.

»Seltsam«, sagte Gela. »Es ist, als ob dieses Haus eine magische Anziehungskraft auf . . .«, sie biß sich auf die Lippen und vollendete höflich: ». . . auf ungewöhnliche Menschen hat.«

»Nun, das mag früher so gewesen sein«, lächelte Mr. Mayday dünn. »Die Leute, die jetzt oben wohnen, sind jedenfalls in keiner Weise ungewöhnlich oder verrückt, was Sie wahrscheinlich sagen wollten. Es sind ein Bankdirektor und ein Versicherungsagent, beide verheiratet, kinderlos, seriös, korrekt und sozusagen unsichtbar. Nein, nein, es ist nichts von der alten Atmosphäre geblieben.«

»Ray hat, kurz nachdem Sie von hier weggezogen sind, seine Mutter beerbt. Die alte Dame muß steinreich gewesen sein. Er soll jetzt irgendwo auf dem Land leben«, erzählte Editha. »John und Samanta Peterson haben wir ganz aus den Augen verloren. Sie sollen zuletzt einen Stand in Portobello Road gehabt haben. Sie waren übrigens die einzigen, denen es gelungen ist, aus diesem Haus Kapital zu schlagen.« Ihre Stimme klang vorwurfsvoll.

»Tatsächlich? Davon hat uns Samy nie etwas geschrieben«, warf Gela ein.

»Laß doch, Editha, das geht uns nichts an«, murmelte Hadrian Mayday und ließ sein trauriges Pferdegesicht auf die Brust sinken. »Es gibt nun einmal Menschen, die sind geschäftstüchtig, und andere, die sind's nicht.«

»Es war so«, fuhr Editha fort, ohne auf den Einwurf ihres Mannes zu achten. »Samanta und John Peterson unterlagen als einzige dem Mieterschutzgesetz und konnten von Mrs. Millers Erben nicht gekündigt werden. Samanta erklärte, sie würde gerne noch viele Jahre lang in der Wohnung leben und weiterhin ihre lächer-

lich geringe Miete bezahlen. Die andere Möglichkeit sei, daß man ihr die Wohnung zu einem Preis verkaufe, den sie in der Lage sei zu bezahlen. Nach einem halben Jahr verloren Mrs. Millers Erben die Nerven und überließen ihr die Wohnung zu einem wahren Schleuderpreis. Eine Woche später verkauften Samanta und John sie um die viereinhalbfache Summe weiter und ersteigerten sich von der Differenz ein bezauberndes Haus aus dem 18. Jahrhundert, das unter Denkmalschutz steht. ›Es ist gut, wenn man sich endlich den richtigen Rahmen schaffen kann‹, sagte Samanta zum Abschied. ›Ich bin unendlich froh, dieses Haus hier verlassen zu können. Es entsprach doch nicht ganz unserem Stil, nicht wahr, John?‹«
Mrs. Mayday ahmte Samantas Tonfall erstaunlich treffend nach.
»Laß doch, was geht uns das an«, sagte Hadrian müde.
»Wissen Sie, was aus Jessica und Richard geworden ist?« lenkte Jonathan das Gespräch in eine neue Richtung. »Sie sind die einzigen, von denen wir nie wieder etwas gehört haben.«
»Das wollte ich gerade Sie fragen«, antwortete Hadrian. »Es liegen Stöße von Briefen, unbezahlten Rechnungen und Vorladungen zum Gericht hier, die alle an Richard adressiert sind. Außerdem kommen ständig irgendwelche Gläubiger oder angebliche Geschäftsfreunde, denen Richard offenbar riesige Summen schuldet und die unbedingt seine Adresse von mir erfahren wollen. Das alles ist sehr störend für jeman-

den, der sich ganz auf seine künstlerische Arbeit konzentrieren muß. Editha behauptet, sie habe Richard einmal in einem weißen Jaguar vorbeifahren sehen. Aber sie kann sich auch geirrt haben. Daß Richard und Jessica geschieden sind, wußten Sie? Nein? Nun, sie war ja wohl etwas seltsam, hatte immer so etwas Verschrecktes an sich. Angeblich soll sie in einem Untermietzimmer in West-Hampstead leben und in einer Drogerie bei der U-Bahn-Haltestelle als Verkäuferin arbeiten.«

»Arme Jessica«, flüsterte Gela. »Ich muß sie unbedingt sehen.«

In diesem Augenblick kam ein kleines Mädchen, sieben oder acht Monate alt, auf allen vieren ins Zimmer gekrabbelt. »Das ist Ethel«, sagte Mrs. Mayday zärtlich und nahm das Kind auf den Arm. »Hast du ausgeschlafen, Cara mia?«

Die Kleine schaute mit ruhigem Gesicht und mit schwarzen unbewegten Augen, wie sie Indio-Kinder haben, auf die Fremden.

»Ethel wächst hier leider ganz ohne Kinder auf«, sagte Editha Mayday. »Sie darf auch nicht allein im Garten spielen. Die anderen Eigentümer haben Angst, sie könnte die Blumenrabatten beschädigen . . .«

»Zu unserer Zeit wimmelte es im ganzen Haus vor Kindern«, erinnerte sich Gela. »Diese wilden Jagden durchs Treppenhaus, die Fußball- und Federballturniere . . . Könnt ihr euch daran erinnern?«

Die beiden Brüder nickten.

Dann breitete sich Schweigen aus, wie es rasch zwi-

schen Menschen entsteht, die sich im Grunde nichts zu sagen haben.
»Vielen Dank, daß wir hereinkommen durften«, sagte Gela schließlich. »Es ist seltsam, die alte Wohnung mit anderen Menschen darin zu sehen. Wir alle haben dieses Haus sehr geliebt – so wie es damals war, meine ich«, fügte sie nach einer kurzen Pause hinzu und dann leiser: »Wir waren sehr glücklich hier.«
Mister Mayday hielt den Besuchern aus Deutschland die Türe auf. Der Korridor war noch immer gelb gestrichen und der blaue Bodenbelag war noch ein bißchen schäbiger geworden. Draußen im Treppenhaus lag ein hochfloriger brauner Teppich. Die Haustüre öffnete sich fast lautlos auf das Summen eines elektrischen Türöffners. Die zerbrochenen Namenschilder waren durch glänzend polierte Metallplättchen ersetzt worden. Den Kletterstrauch, der das Erkerfenster so üppig umwuchert hatte, gab es nicht mehr. Vermutlich hatte er bei den Renovierungsarbeiten gestört.
»Ich komme mir ein bißchen vor wie auf der Suche nach der verlorenen Zeit«, sagte Gela und hakte sich bei ihrem Mann ein.
»Wißt ihr was?« rief Christian über die Schulter zurück. »Ich glaube, wir sind damals genau im richtigen Moment ausgezogen.«

Jessica wandte sich mit angestrengtem Lächeln der nächsten Kundin zu. »Feuchtigkeitscreme? Sicher haben wir Feuchtigkeitscreme. An welche Marke haben Sie gedacht? Diese hier kann ich Ihnen sehr empfehlen. Nicht zu teuer, aber trotzdem gute Qualität. Aber selbstverständlich wirkt sie gegen Fältchen. Man muß sie nur regelmäßig anwenden. Wunder dürfen Sie natürlich keine erwarten, Madam.«

Oh, du fettes, altes Weib, nimm endlich irgendeine Creme, egal welche, und verschwinde, dachte sie böse. Ich will raus aus diesem gräßlichen Laden, ich habe jetzt meine Teepause. Meine Füße tun mir weh und mir ist übel.

»Darf es sonst noch etwas sein, Madam? Nein? Bitte sehr, hier ist Ihr Kassenzettel. Wenn Sie gleich vorne am Eingang bezahlen wollen.«

»Endlich«, seufzte Jessica und schlüpfte hinter einen Vorhang, der einen winzigen halbdunklen Garderobenraum für die Angestellten vom Laden abtrennte. Sie rückte rasch die schwarze Taftschleife zurecht, mit der sie ihr krauses, dunkles Haar im Nacken zusammengefaßt hatte, und warf einen kurzen Blick in den Spiegel. Aus dem dämmrigen Glas blickte ihr das Gesicht eines mageren, sommersprossigen Kindes entgegen, das zu früh zu vieles gesehen hat.

Jessica trat aufatmend auf Hampstead Highstreet hinaus, über der die Kühle eines sonnigen Frühsommertags lag. Neben dem alten Untergrundbahnhof hatte man eine Reihe alter Häuser abgerissen und ein modernes Ladenzentrum mit Innenhof und großen Schaufenstern eingerichtet. Es sieht immer noch so aus, als ob es nicht hierher gehörte, ging es Jessica flüchtig durch den Kopf. Dann schaute sie auf die Turmuhr der ehrwürdigen Westminster-Bank, überlegte kurz, ob sie eine Frühlingsrolle in dem chinesischen Restaurant gegenüber essen oder versuchen sollte, auf einer der unbequemen Holzbänke vor dem Pub an der Ecke ein Bier und ein Sandwich zu bekommen. Sie entschied sich gegen beide Möglichkeiten und ging statt dessen auf Lindy's Café gleich neben der Drogerie zu, aus der sie gerade gekommen war. In diesem Augenblick rief jemand ihren Namen. Jessica drehte sich um, verharrte einen Augenblick bewegungslos vor Überraschung und stürzte dann auf die vier Leute zu, die ein paar Meter von ihr entfernt auf dem Gehsteig standen und nicht ganz sicher waren, ob sie nicht jemand Fremden angerufen hatten.

»Gela, Jonathan und die Jungens! Das darf doch nicht wahr sein! Seid ihr's wirklich?«

Sie zögerte eine Sekunde und fiel ihnen dann der Reihe nach um den Hals. Auf ihren Wangen brannten rote Flecken vor Aufregung. »Kinder, seid ihr groß geworden«, rief sie. »Ihr seid ja schon richtige Männer!«

»Wir waren in Redington Road und haben das alte Haus besucht«, erklärte Gela und dachte: Sie sieht aus wie der Tod. Sie muß schwer krank sein. Mein Gott, ich habe nicht gedacht, daß sie noch magerer werden könnte.

Jonathan, dem rührende Szenen, zumal in der Öffentlichkeit, leicht peinlich wurden, schlug vor, zu Lindy's zu gehen.
»Wir haben überhaupt keinen Hunger«, protestierte Christian. »Wir haben doch im Hotel so spät gefrühstückt. Kann ich nicht mit Michi rauf zur Heide?«
»Weißt du was, Jonathan«, warf Gela schnell ein. »Laß Jessica und mich ein bißchen allein. Kauft euch oben am Pond Eiscreme oder Würstchen und laßt euch Zeit. Vielleicht ist auch der kleine Golfplatz offen.«
»Gute Idee«, stimmte Jonathan erleichtert zu. »Sagen wir, in einer Stunde sind wir zurück. Okay? Bis dahin habt ihr euch sicher alles erzählt.« Er klopfte den beiden väterlich auf die Schultern und zog mit seinen Söhnen ab.
»Wie geht's dir?« fragte Gela, als sie einen kleinen Tisch in der hintersten Ecke von Lindy's gefunden hatten. Die weißhaarige Bedienung war noch dieselbe. Sie hatte Gela erkannt und begrüßt. »Maydays haben erzählt, daß du von Richard geschieden bist. Es tut mir so leid.«
»Es braucht dir nicht leid zu tun«, erwiderte Jessica. »Ich bin nicht für die Ehe geschaffen und wohl auch nicht dafür, Kinder großzuziehen.« Sie sprach noch immer mit ihrem rauhen italienischen Akzent.
»Was ist aus Tom und Larry geworden?«
»Larry hat mich immer gehaßt, das weißt du ja. Er ist sofort ausgezogen, als er sein Universitätsstipendium bekam, und hat die Wohnung nie mehr betreten. Richard hat es nicht verwinden können. Er war ein richti-

ger alter Jude, dem die Familie alles bedeutete. Wehe über den, dessen Sippe nicht zusammenhält.«

»Und Tom? Er hat den Kindern einmal geschrieben, aber dann ist der Briefwechsel eingeschlafen. Für Christian und Michi bedeutet englisch zu schreiben eine entsetzliche Anstrengung. Sie hatten soviel damit zu tun, sich wieder in ihrer eigenen Sprache zurechtzufinden. Es war nicht einfach für sie, in ihre alten Schulklassen zurückzukommen.«

»Tom hat sich auch von mir abgewandt. Er behauptete plötzlich, ich hätte seine Mutter vertrieben und ohne mich wären sie alle samt ihrer boshaften, kleinen Schwester eine große, glückliche, jüdische Familie geblieben. Rührend, nicht wahr?«

Jessica zog spöttisch die Augenbrauen hoch und sog den Rauch ihrer schwarzen Zigarette tief in die Lungen. »Tom ist dann ein Jahr vor seinem Schulabschluß aus dem Internat durchgebrannt und hat sich zur Armee gemeldet«, fuhr sie tonlos fort. »Ich habe ihn nie mehr gesehen. Er hat auch nie angerufen, keine Karte geschickt, nichts. Das war anfangs ziemlich – schlimm für mich. Ich dachte, ich hätte alles getan, um Tom eine gute Mutter zu sein.«

»Warum gehst du nicht nach Italien zurück?« fragte Gela sanft. »Dort bist du zu Hause, dort bist du bestimmt glücklicher. Du könntest in dem Kloster, in dem du aufgewachsen bist, wieder als Krankenschwester arbeiten.«

»Nein, das könnte ich nicht mehr«, sagte Jessica und zündete sich eine neue Zigarette an der Glut der alten

an. »Ich habe mit allem gebrochen, was früher war. Endgültig und unwiderruflich.«
Gela sah sie fragend an.
»Ich bin eine Hexe geworden«, sagte Jessica.
Gela lachte gezwungen auf. »Eine Hexe? Wie meinst du das?« – »Wie ich es sage. Ich bin eine Hexe. Seit zwei Jahren schon. In England gibt es viele Hexen und Hexer. Wußtest du das nicht? Sie reiten natürlich nicht auf Besen durch die Luft, sondern haben ganz gewöhnliche Berufe. Vielleicht ist die alte Miß Dolly mit ihren rosa Bäckchen, die dir gerade den Kaffee gebracht hat und so gerührt war, dich wiederzusehen, eine Hexe, vielleicht gehört der adrette Mister Tom vom Selfservice zu unserer Zunft. Du würdest staunen, was für ehrenwerte Leute du bei uns triffst. Im übrigen befassen wir uns nur mit weißer Magie. Schwarze Magie lehnen wir ab.«
Gela sah Jessica an, als ob sie sie zum erstenmal sähe. »Das glaube ich nicht. Das kann ich dir einfach nicht glauben«, sagte sie. »Hast du womöglich auch ein Zauberbuch und tanzt bei Vollmondschein in der Heide?«
»Natürlich habe ich ein Buch mit Beschwörungsformeln. Ich mußte wahnsinnig viel lernen bis zu meiner ersten Prüfung. Und wir treffen uns tatsächlich bei Vollmond, aber nicht in der Heide, sondern im Haus unseres Meisters.«
Dann erzählte sie Gela, daß sie niemals Oberhexe werden könne, weil man dazu mit dem Hexenmeister schlafen müsse, und das bringe sie nicht über sich. Immer noch nicht. »Du hast wahrscheinlich keine Vor-

stellung von dem Einfluß, den wir Hexen auf das Schicksal von Menschen oder des ganzen Landes haben«, fuhr sie fort und sprach immer rascher und eindringlicher. »Im Zweiten Weltkrieg haben die Hexen und Hexer die Invasion der deutschen Armee in England verhindert. Sie haben sich an der Küste bei Dover versammelt. Tausende, Zehntausende haben drei Nächte hindurch ihre Beschwörungsformeln aufs Meer hinausgerufen. Dann kam endlich ein Wettersturz mit Sturm, Hagelschauern und Nebel, und die deutsche Flotte zog sich zurück. Das findest du natürlich nicht in den Geschichtsbüchern. Das würde das Selbstbewußtsein unserer Herren Generale nicht ertragen.« Jessica starrte Gela wie früher mit brennenden, rotgeränderten Augen an, und wie früher fühlte sich Gela vollkommen hilflos und von Mitleid überwältigt.

»Jessica«, sagte sie. »Bist du sicher, daß du den richtigen Weg gewählt hast? Du bist doch noch so jung. Du könntest dein Leben einfach neu anfangen. Warum fährst du nicht zurück nach Italien und vergißt alles, was du in England erlebt hast, wie einen bösen Traum?«

»Wer einmal eine Hexe ist, bleibt sein Leben lang eine Hexe«, sagte Jessica ruhig. Dann schaute sie auf die Uhr. »Ich muß zurück ins Geschäft. Der Chef kann mich nicht leiden. Wenn ich zu spät komme, läßt er mich abends länger bleiben und den Laden saubermachen. Und dazu habe ich heute keine Zeit. Heute abend bereiten wir ein Blutopfer vor.«

»Ein Blutopfer?«
»Ja, die kleine Tochter einer Mithexe hat Krebs. Die Ärzte sagen, es besteht keine Hoffnung mehr, aber das Blutopfer wird sie retten.« Sie sprach schnell und in geschäftsmäßigem Tonfall, während sie nach der Kellnerin Ausschau hielt.
»Moment, Jessica. Das mußt du mir erklären, was ist das, ›ein Blutopfer‹?«
»Ich darf dir nicht zuviel darüber sagen«, erwiderte Jessica. »Aber es ist so: die Mutter des todkranken Kindes bittet zwei andere Hexen, ihr Leben für das Kind zu opfern. Jede Hexe kann dieses Opfer nur einmal im Leben von einer anderen Hexe verlangen und muß dann bereit sein, für sie – wenn es nötig sein sollte – das gleiche Opfer zu bringen. Diesmal bin ich gebeten worden.«
Gela begann zu frösteln. Sie hatte das Gefühl, eine Rolle in einer völlig unwirklichen Szene zu spielen. Aber an den Tischen ringsum saßen lauter nette, normale Hausfrauen, die sich unterhielten, ihren Kuchen aßen, neuen Kuchen bei Dolly bestellten, und durch die Glastüre sah sie den Zeitungsverkäufer, der vor seinem Stand an der U-Bahn-Station auf und ab ging.
Ich halte das nicht mehr lange aus, dachte Gela, wenn nur Jonathan und die Kinder bald kämen.
»Daß ich an diesem Blutopfer teilnehme, bedeutet nicht, daß ich sofort sterben werde«, sagte Jessica. »Aber ich werde mit großer Wahrscheinlichkeit in allernächster Zeit in einen schweren Verkehrsunfall geraten oder plötzlich sehr krank werden. Ich setze mein

Leben sozusagen für das Leben des Kindes aufs Spiel. Es besteht die Chance, daß ich davonkomme. Aber sie ist ziemlich gering.«

»Jessica, ich bitte dich, alles was du mir hier erzählst, klingt so schrecklich, so als ob es einfach nicht wahr sein kann«, sagte Gela. »Jessica, ich mache dir einen Vorschlag. Bitte, sag nicht sofort nein, sondern hör ihn dir ganz ruhig an. Du gehst heute abend nicht zu deinem Blutopfer, oder was immer das Ganze ist, sondern kommst mit Jonathan und mir ins Kino. Wir wollen unbedingt in eines der großen Filmtheater am Leicester Square gehen, weißt du, so richtig um Karten anstehen wie früher und den Straßenmusikanten zuhören und dann, bevor der Hauptfilm angeht, in einem Pub gemütlich zu abend essen. Vielleicht im ›Racket on Hand‹, das fand ich immer eines der gemütlichsten Pubs in der Gegend dort. Dann trinken wir alle drei einen doppelten Sherry und unterhalten uns über das, was du mir erzählt hast. Und weißt du was?« Gela geriet wie immer, wenn sie Pläne für sich oder andere machte, in Begeisterung. »In einer Woche, wenn wir zurückfliegen, kommst du einfach mit uns. München liegt ganz nahe bei Italien. Wir haben ein gemütliches Gästezimmer, darin kannst du wohnen, solange du willst, und dir über die Zukunft klar werden. Ich bin sicher, Jonathan ist einverstanden«, fügte sie hinzu und war sich in diesem Augenblick ganz und gar nicht sicher.

»Das ist sehr lieb von dir«, erwiderte Jessica mit belegter Stimme. »Ich glaube nicht, daß in den letzten zwei

Jahren irgend jemand so etwas Nettes zu mir gesagt hat. Aber du weißt natürlich selbst, daß es nicht geht. Wer sein Gelübde als Hexe abgelegt hat, muß eine Hexe bleiben. Außerdem – man darf nicht zweimal im Leben ein Gelübde brechen.«

»Jessica, damals bei den Nonnen in Italien, da warst du doch fast noch ein Kind!«

»Trotzdem«, beharrte Jessica. »Ich habe mein Gelübde als Nonne gebrochen. Und was das Blutopfer angeht« – sie versuchte zu lächeln, aber es wurde nur ein hilfloses Zucken der Lippen –, »mir würde es nichts ausmachen, bei einem Verkehrsunfall oder durch eine schwere Krankheit umzukommen. Wirklich nicht. Ich habe nie sehr gerne gelebt. Wir haben damals in Redington Road manchmal darüber gesprochen. Erinnerst du dich daran? Ihr wart immer alle so – so voller Energie, Samanta und du und sogar Sheila, wenn sie den armen Ray besucht hat. Mein Gott, wie hat sich Samanta ans Leben geklammert, wie hat sie gekämpft, um ihre Familie über Wasser zu halten, und du, du hast deine Arbeit so wichtig genommen und hast all das Neue, das auf dich zukam, geradezu eingesogen, um nur ja alles zu begreifen und nichts zu versäumen. Ich habe euch oft beobachtet von meinem Fenster aus und euch auch manchmal beneidet, weil ihr so – wie kann ich das ausdrücken – einfach, weil ihr so mitten im Leben wart. Ich habe dieses Gefühl nie gehabt. Es kam mir immer so vor, als ob ich durch einen dummen Zufall auf die Welt gekommen wäre und eigentlich gar nicht hierhergehörte. Ich habe immer an den Tod gedacht. Ich würde jederzeit gerne sterben. Wirklich. Es macht mir nichts aus, an dem Blutopfer teilzunehmen.«

Jessica sah auf ihre Armbanduhr und erschrak. »Es ist schon zehn Minuten über die Zeit. Ich muß weg. Give my love to John and the boys. Sag ihnen, wie sehr ich mich gefreut habe, sie zu sehen. Und danke, daß du mich besucht hast. Ach nein, schreib mir lieber nicht. Ich bin ein lausiger Briefschreiber und habe immer ein schlechtes Gewissen, wenn ich nicht antworte.«

Sie beugte sich über den Tisch und gab Gela einen Kuß auf die Wange. »So long und alles Gute für euch!«

Dann ging Jessica mit ihren staksigen, kindlichen Bewegungen zwischen den Tischen hindurch zur Tür hinaus: die Taftschleife im Haar, den karierten Minirock um die mageren Schenkel wippend, jeder Zoll eine kleine Verkäuferin, die sich beeilen muß, um ihren Boyfriend rechtzeitig zu treffen.

Gela trank ihren kalt gewordenen Kaffee aus. Man muß etwas tun, dachte sie. Man muß ihr helfen. Aber sie wußte, daß sie nichts tun konnte, und daß es längst zu spät war, um Jessica zu helfen.

Sheila und Ray

Sheila trug über ihren Jeans eine karierte Bluse, die ihre rosigen Arme freigab, hatte die schweren, goldblonden Haare mit einem Tuch aus dem Gesicht gebunden und blinzelte vorsichtig in den eisernen Topf,

aus dem heißer Dampf aufstieg. Dann ließ sie den Dekkel zurückfallen, griff zu einem Messer und begann, leise vor sich hin pfeifend, Berge von grünen Bohnen, Karotten, Kartoffeln und Kraut, die sich vor ihr auf dem massiven Holztisch häuften, klein zu hacken. Die Küche lag halb unter der Erde und wirkte mit den dikken Mauern, den altersgeschwärzten Schränken und Regalen, dem Steinfußboden und dem hochgelegenen, vergitterten Fenster wie ein Burgverlies.
»Ich denke, es ist eine gute Idee, ihnen einen handfesten Hammeleintopf vorzusetzen, was meinst du?« rief Sheila über ihre Schulter zurück durch die dunstgeschwängerte Luft.
»Es ist eine glänzende Idee«, erwiderte Ray, schloß die schwere, eisenbeschlagene Tür hinter sich und trat neben seine Frau. »Ich glaube, sie haben, so lange sie in London lebten, niemals englisch gegessen«, fuhr er fort. »War mir immer unbegreiflich. Sie liebten die französische und die chinesische Küche, sie schwärmten von italienischen und indischen Lokalen, aber eine wirklich solide, englische Mahlzeit ohne all diese Gewürze und Soßen, die den ganzen ursprünglichen Geschmack verderben, haben sie – glaube ich – niemals zu sich genommen.« Er warf seinen Zigarettenstummel in den Ausguß, wo er leise zischend verglühte, pickte mit der einen Hand eine Karotte vom Tisch und tätschelte mit der anderen Sheilas Rückseite.
»Pssst, willst du dich wohl benehmen.« Sheila schob ihn energisch von sich weg. »Ich muß sehen, daß ich fertig werde. Wann kommt der Zug an?«

»Genau in einer halben Stunde.«

»Dann solltest du ruhig schon zum Bahnhof fahren. Die Kinder bleiben besser hier und helfen beim Tischdecken.«

»Ganz wie du willst, mein Schatz«, stimmte Ray zu und gab Sheila einen letzten, liebevollen Klaps auf die prallen Jeans. Er war ein bißchen dicker geworden, und seine Hosen sahen vielleicht noch ein bißchen zerknautschter aus als früher, aber sonst hatte er sich nicht verändert.

»Du bist ein gr-gr-großartiges Mädchen«, rief er Sheila von der Tür aus zu. »Wenn du nicht so eigensinnig gewesen wärst, hätten wir es immer so gut haben können: solide, nahrhafte Mahlzeiten, selbstangebautes Gemüse und ein behagliches Heim, wie es ein Mann braucht.«

»O Ray, hör auf damit! Sei zufrieden, daß ich überhaupt zurückgekommen bin«, erwiderte Sheila gutgelaunt und ließ mit Schwung das geschnitzelte Gemüse von ihrem Brett in den Topf gleiten.

Der Zug, der von London in Richtung Maidenhead verkehrte, schien aus der Pionierzeit der englischen Eisenbahn zu stammen. Gela, Jonathan und die Jungen saßen sich auf abgewetzten grünen Plüschpolstern an einem viereckigen Tischchen gegenüber, das auf einem gedrechselten Eisenfuß zwischen den Bänken stand.

»Schade, daß sie nicht wenigstens Drinks servieren«, brummte Jonathan und versuchte seine Beine in eine bequemere Lage zu bringen.

»Ich bin gespannt auf Ray als Ehemann«, sagte Gela. »Am Telefon klang er sehr gut aufgelegt. Er hat auch viel weniger gestottert. Jedenfalls finde ich es reizend von ihm, uns einzuladen. Ein Sonntag auf dem Land nach all den vielen Museen, Theaterbesuchen und Spaziergängen durch London ist sicher sehr erholsam.«

»Wie alt sind eigentlich Percy und Anne?« erkundigte sich Christian.

»Ich glaube, sie waren beide ein Jahr jünger als ihr«, erwiderte Gela. »Percy muß wohl zehn sein und Anne elf. Könnt ihr euch noch an die beiden erinnern?«

»Klar«, sagte Michi. »Anne hatte lange, dicke Zöpfe, daran konnte man sich prima festhalten, wenn sie weglaufen wollte.«

»Und Percy war ständig erkältet und hatte nie ein Taschentuch einstecken. Er trug immer kurzärmelige Hemden, egal wie kalt es war«, ergänzte Christian.

»Das kam davon, weil sie oft ohne ihre Mutter in Redington Road zu Besuch waren. Väter haben keinen Sinn für Temperaturen«, erklärte Gela und übersah den mahnenden Seitenblick Jonathans.

Eine Viertelstunde später waren sie am Ziel.

Ray wartete auf dem kleinen, verlassenen Bahnhofsplatz. Er schüttelte ihnen nacheinander kräftig die Hand und versuchte seine Rührung zu verbergen, indem er mit kurzen, schnellen Schritten zum Auto vorausging. »Hübscher Wagen, wie?« strahlte er. »Braucht eine Menge Benzin. Aber Qua-qualität muß man eben bezahlen, nicht wahr?«

Gerade als sie alle fünf eingestiegen waren, kam eine ältere Dame mit Schleierhütchen und zwei großen Einkaufstaschen am Arm über den Bahnhofsplatz.
»Das ist Miß Catherine Bernes«, erklärte Ray. »Sie ist zweite Vorsitzende des Vereins zur Förderung einheimischer Kunst. Reizendes, altes Mädchen, wichtige Person hier im Ort. Ihr habt doch nichts dagegen, wenn ich euch vorstelle?«
Er kletterte überraschend behend hinter dem Steuer hervor und rief: »Hallo, Miß Bernes! Hübscher Morgen heute morgen, nicht wahr? Darf ich Sie mit meinen Freunden aus Deutschland bekannt machen?«
Miß Bernes schaute interessiert durchs Fenster des Wagens, dessen Insassen ihr liebenswürdig entgegenlächelten. »Gela und John sind Sch-sch-schournalisten, müssen Sie wissen«, erklärte Ray eifrig. »Wir kennen uns aus London.«
»Oh, wie interessant«, sagte Miß Bernes. »Werden Sie einen Artikel über Sheila schreiben?«
»Nein, eigentlich nicht. Sie besuchen uns ganz privat«, beeilte sich Ray zu versichern.
»Das ist sehr schade«, meinte Miß Bernes bedauernd und mit einer gewissen Strenge in der Stimme. »Unsere Sheila stellt nämlich ausnehmend hübsche Töpfereiwaren her. Wir haben gerade die jährliche Ausstellung einheimischer Kunst im Feuerwehrhaus eröffnet. Und ich muß sagen, die abstrakten Plastiken von Sheila sind der Höhepunkt der diesjährigen Auswahl. Sie sollten sich die Ausstellung ansehen. Es ist erstaunlich,

welch ursprüngliche Talente sich gerade auf dem Land zu schönster Reife entwickeln.«
Jonathan nickte ernst. »Nun, ich will Sie nicht aufhalten«, versicherte Miß Bernes. »Ich möchte nur soviel feststellen: Ray und Sheila sind ein großer Gewinn für unsere Gemeinde. Sie kennen die beiden ja von früher. Ihnen brauche ich sicher nicht zu sagen, wie wohltuend gerade heutzutage eine harmonische, solide Familie auf ihre Umgebung wirkt. Ich wollte, es gäbe mehr solche Familien in unserer Gemeinde.«
Ray wippte geschmeichelt auf den Fersen.
»Auf Wiedersehen, ich wünsche Ihnen eine angenehme Zeit«, sagte Miß Bernes. »Und grüßen Sie Sheila!«
»Sheila ist sehr beliebt hier«, erklärte Ray. »Sie gibt an der hiesigen Schule Kunstunterricht und ist Geschäftsführerin der liberalen Partei. Es ist endlich alles so, wie es sich gehört«, fügte er befriedigt hinzu. »Ich habe immer gesagt: eine Frau und ein Mann müssen im selben Haus wohnen, wenn sie verheiratet sind. Alles andere führt nur zu Verwirrungen und Schwierigkeiten.«
»Sheila ist also tatsächlich Lehrerin geworden. Und was machst du?« erkundigte sich Gela arglos.
»Ich? Ach, weißt du, ich habe beschlossen, daß es für einen Mann mit Haus und Familie Wichtigeres zu tun gibt, als acht Stunden täglich stumpfsinnig in einem Büro zu sitzen. Abgesehen davon, daß einem heutzutage ja kaum noch r-r-reizvolle Angebote gemacht werden. Ich kümmere mich um den Garten, ich halte

das Boot und das Auto in Ordnung, den Heizkessel, die Warmwasserversorgung und die Mähmaschine. Außerdem sind da ständig eine Menge Bankgeschäfte zu erledigen. Seit meine Mutter tot ist, habe ich die Verantwortung für sämtliche Hypotheken, Konten und Aktien. Das hält einen ganz schön in Trab, das könnt ihr mir glauben.«

»Hier sind wir«, sagte Ray kurz darauf, bog nach rechts von der Straße ab und steuerte vorsichtig durch ein weit geöffnetes schmiedeeisernes Gartentor. »Das letzte Stück müssen wir zu Fuß gehen.«

Gela, Jonathan und die Jungen folgten ihm auf einem breiten gekiesten Weg, der sich zwischen Blumenrabatten und sorgsam gestutzten Sträuchern steil zum Fluß hinab senkte.

»Wir wohnen unmittelbar an der Themse«, erklärte Ray. »Im Winter ist es manchmal ein wenig düster und feucht. Aber um diese Jahreszeit lebt man sehr angenehm hier.«

Im selben Augenblick, in dem sie den Fluß sahen, tauchte auch das Haus vor ihnen auf. Es war unerwartet groß, mehr Landsitz denn Villa, und wirkte auf den ersten Blick sehr ungewöhnlich. Seine Wände waren über und über mit kurzen, runden Birkenhölzern benagelt, und zwar in einem ordentlichen Zickzackmuster.

»Hübsch, nicht wahr«, sagte Ray. »Unsere Vorgängerin hat so ähnliche Häuser in der Schweiz gesehen. Sie schwärmte für den alpenländischen Stil. Darunter ist natürlich alles massiver, solider Ziegel.«

»Aha«, sagte Jonathan trocken, wie immer unfähig, einen ehrlichen Schock durch liebenswürdige Floskeln zu vertuschen.
Nachdem Sheila, Percy und Anne – alle drei blond, rotbackig und strotzend vor Gesundheit – die Gäste begrüßt hatten, gingen sie ihnen durch ein halbdunkles Vestibül ins Eßzimmer voraus. Es war bis zur Decke mit dunklem Holz getäfelt und erinnerte mit dem riesigen geschnitzten Tisch an das Refektorium eines Klosters. Der anschließende Wohnraum hatte saalähnliche Ausmaße. Zwischen einer Reihe gotischer Bogenfenster führte eine Glastür auf einen Wintergarten hinaus, der unmittelbar über dem Fluß zu schweben schien. An der Stirnseite des Raumes befand sich in einer tiefen Nische eine Art steinerne Anrichte. Die Decke war sehr hoch und gewölbt, an den Wänden schienen viele goldgelbe Sonnen mit kühn ineinander verschränkten Strahlenbündeln, eine außergewöhnliche Leistung der englischen Tapetenindustrie.
»Die alte Dame, der das Haus früher gehört hat, litt an einem religiösen Wahn«, erklärte Sheila vergnügt. »Im Eßzimmer nahm sie ganz allein am Kopfende des Tisches ihre kargen Mahlzeiten ein und hier vor dem Altar hat sie stundenlang gebetet.« Sheila deutete auf den Steinklotz in der Nische, auf dem jetzt eine offenbar selbstgetöpferte Vase mit künstlichen Blumen und Gräsern stand. »Die Orgel an der Wand gegenüber haben wir entfernen lassen. Manchmal denke ich, es war schade darum. Die Kinder hätten vielleicht später Lust gehabt, Orgel spielen zu lernen.«

Gela nickte beeindruckt. Sie war ein bißchen schwindlig von den vielen gelben Sonnen.
»Du hast sicher wieder selbst eine Menge umgebaut«, wandte sich Jonathan an Ray.
»Nichts hat er gemacht, gar nichts«, rief Sheila dazwischen. »Wißt ihr nicht, daß Ray alles, was er in seiner Wohnung in Redington Road verändert hat, wieder in den ursprünglichen Zustand zurückversetzen mußte? Es war eine grauenhafte Arbeit, und es hat Unsummen gekostet.«
Ray sah betreten vor sich hin. »Tja«, sagte er. »Dieser Mister Scratch, der die Wohnung von Mrs. Millers Erben gekauft hat, der besaß einfach keinen Sinn dafür, wie eine elegante Stadtwohnung in dieser Gegend auszusehen hat. Er war ein k-komischer Vogel, Psychiater, glaube ich. Sogar das Klo wollte er wieder an der alten Stelle haben. Dabei hatte ich dort doch die Badewanne einzementiert. Zuletzt drohte mir Mr. Scratch noch mit dem Rechtsanwalt. Es war hart, muß ich euch sagen, wirklich eine harte, deprimierende Zeit!«
»Jedenfalls rührt Ray seitdem nichts mehr im Haus an«, schloß Sheila das Thema befriedigt ab. »Er kümmert sich nur noch um den Garten, den Rest überläßt er mir. Aber jetzt wollen wir endlich essen. Ihr müßt ja halbtot sein vor Hunger.«
Sie saßen durch große Abstände voneinander getrennt auf den hochlehnigen Stühlen um den Tisch.
Christian und Michi stocherten höflich, aber sichtlich verzweifelt in ihren Tellern herum. Jonathan kaute entschlossen vor sich hin, während Gela durch leb-

hafte, herzliche Konversation und viel Bewegung mit dem Besteck den Eindruck genüßlichen Essens hervorzurufen suchte.

»Alles Zutaten aus dem eigenen Garten, bis auf den Hammel natürlich«, erklärte Ray stolz und lud sich noch einen Schöpflöffel voll der graugrünen, zerfaserten Masse auf den Teller, die in einer großen irdenen Schüssel auf der Wärmeplatte vor sich hin brodelte. »Ich sage immer, wenn nur die Zutaten frisch und knackig sind, dann ist es egal, wie lange man etwas kocht, nicht wahr? Die Nährstoffe sind drin, das ist die Hauptsache.«

»Ich denke gerade an unseren Freund Ralph und sein Köfferchen«, sagte Jonathan plötzlich zusammenhanglos zu Gela. »O ja, ich auch«, stimmte Gela bei und schluckte mit einer einzigen, großen Anstrengung alles hinunter, was sich in ihrem Mund angesammelt hatte.

»Habt ihr ein Köfferchen vergessen?« erkundigte sich Ray interessiert.

»Nein, nein«, winkte Jonathan ab. »Ich habe Gela nur an etwas erinnert. Nein, bitte nichts mehr, Ray. Vielen Dank, aber ich könnte keinen Bissen mehr runterkriegen. Bin unheimlich satt. Das Ganze füllt ungemein!«

»Na, dann hole ich mal die Schüssel mit Jelly«, rief Sheila munter. »Ich dachte mir, wenn Christian und Michi schon nach so langer Zeit nach England kommen, dann sollen sie auch ordentlich Jelly haben.«

Gela ignorierte die flehenden Blicke Michis. Ihre Gedanken waren bei Ralph und dem Köfferchen, das er seit vielen Jahren auf all seinen Reisen in Länder, die zum britischen Hoheitsgebiet gehören, mitführte. Es war ein kleiner, handlicher Kasten aus Edelholz, den er auf dem Pariser Flohmarkt entdeckt hatte. In seiner Innenfläche hatte Freund Ralph eine reiche Auswahl von Gewürzen in hübschen, hohen Gläsern angeordnet. Wann immer er gezwungen war, in Hotels, Pensionen oder Restaurants mit englischer Küche zu speisen, stellte er mit gemessener Geste sein Köfferchen vor sich auf den Tisch, klappte den Deckel auf und würzte alles, was man ihm an Nahrung servierte, kennerisch nach. Der Anlaß zu dieser sowohl Kellner wie Gäste gleichermaßen verwirrenden Angewohnheit war ein Schock gewesen, den er auf einer Reise durch Schottland erlitten hatte, als er in einem erstklassigen Hotel in Belfast pakistanischen Lammcurry bestellte. Es handelte sich laut Speisekarte um eine Spezialität des Hauses, und zwar um eine, die er selbst hervorragend zuzubereiten wußte. Nachdem er die ersten Bissen zu sich genommen hatte und nichts, überhaupt nichts schmeckte, weder Knoblauch noch Kümmel, weder Ingwer noch Zimt, nicht Kurkuma, nicht Koriander und auch nicht die bewußte Prise roten Pfeffers, sondern einfach gar nichts, glaubte er ein paar fürchterliche Sekunden lang, er habe seinen Geschmackssinn verloren. Erst als er erschöpft zum Glas griff und einen Schluck Wein über die Zunge rollen ließ, wurde ihm klar, daß sein Geschmackssinn durchaus intakt war und jede winzige Nervenfaser seines Gaumens wie gewohnt reagierte. Es lag nicht an ihm, daß er nichts

schmeckte, es lag ganz einfach an dem pakistanischen Lammcurry, der unter den Händen des englischen Kochs sein exotisches Eigenleben verloren hatte.
Michi und Christian hatten inzwischen den letzten Löffel wabbeligen roten Jellys hinuntergewürgt. Ray lehnte sich aufatmend zurück und sagte: »Es freut mich, daß es euch geschmeckt hat, Freunde. Ich finde immer wieder, es geht nichts über ein solides, englisches Essen. Fleisch muß schmecken wie Fleisch und Gemüse wie Gemüse. Das ist das ganze Geheimnis. Wißt ihr übrigens, warum die Franzosen sich nicht genug tun können mit Gewürzen und Soßen?«
»Keine Ahnung«, sagte Gela.
»Das war damals nach dem Siebziger Krieg«, dozierte Ray. »Da gab es in Paris überall nur noch fauliges, stinkendes, schlechtes Fleisch. Und da haben die Franzosen in ihrer Not eben angefangen, allerlei Soßen zu erfinden, damit sie den üblen Geruch verdeckten.«
»Interessant, nicht wahr«, sagte Sheila.
»O ja, sehr interessant«, nickte Jonathan ernsthaft.
Nach dem Essen servierte Sheila Kaffee im Wintergarten, während die Kinder ein weißes Motorboot rund um die weidenverhangene Themseinsel steuerten, die zum Garten gehörte und zu der eine Brücke hinüberführte. Dann schlug Sheila vor, einen Spaziergang zum nahen Kricketplatz zu unternehmen. Ray grüßte nach allen Seiten, sagte hier ein Wort übers Wetter, ließ dort einen Satz über die Aussichten der heimischen Mannschaft fallen, machte alle Zuschauer mit seinen Freunden aus Deutschland bekannt und verschwand

plötzlich kurz vor drei Uhr in einem Pub. Gela stand am Rand des Kricketplatzes, schaute verzweifelt auf die weißgekleideten, athletischen Männer und verstand genau wie früher gar nichts.
Wieder zu Hause angelangt, tranken sie vor dem Altar der verrückten Millionärin Tee aus selbstgetöpferten Tassen. Sheila hatte viele süße schwere Kuchen gebakken, es gab dreierlei Brot, frische Butter, Honig und selbstgekochte Marmeladen. Es war eine köstliche Mahlzeit, und alle fühlten sich sehr wohl. Der Abschied war laut und herzlich.
»Wie wär's, wenn ihr Jungen in den nächsten Sommerferien zu uns kommt?« schlug Sheila vor. »Percy und Anne besuchen euch dann das Jahr darauf in Deutschland.«
»Gute Idee«, nickte Ray. »Reisen bildet und erweitert den G-gesichtskreis.«
Alle stimmten begeistert zu.
Später, als sie angenehm ermattet und viel zu satt im Zug nach London saßen, sagte Christian plötzlich laut: »Ich mag sie alle sehr gern, aber ich will auf gar keinen Fall in den Sommerferien nach England. Ich finde, diese acht Tage haben für einige Zeit gereicht.«
»Finde ich auch«, echote Michi.
Gela hatte offensichtlich nicht zugehört. Sie sah auf die Themse hinaus, die in der Dämmerung wie ein glänzendes, dunkles Band zwischen den Wiesen lag, und dachte: Ich freue mich, daß sie so glücklich sind. Und: morgen sehen wir Samanta.

Die braunen Seidentapeten verliehen der kleinen Galerie ein warmes, schimmerndes Licht. Auf den Bildern, Wandteppichen und Tuschzeichnungen an den Wänden trippelten zierliche Frauen in Kimonos mit lackschwarzem Haar, bäumten sich vielköpfige Drachen, saßen starre Götter mit schlanken, überlangen Fingern, spannten sich filigrane Brücken über fremde Flüsse, beschienen matte Mondsicheln eine zartfarbige, geheimnisvolle Welt. Es war sehr still im Raum. Der Lärm des Verkehrs drang nur wie gedämpftes Rauschen in die schattige Seitenstraße von Regent Street.

Das Mädchen mit dem bodenlangen, bunten Rock und den braunen Haaren, die fast bis zur Taille fielen, spannte vorsichtig einen chinesischen Fächer auf und heftete ihn zwischen ein Dutzend anderer Fächer an die Wand neben der Eingangstür. Zarte Gräser blühten auf dem verletzlichen Halbrund. Die Wand sah aus, als habe sich ein Schwarm großer, samtener Schmetterlinge darauf zur Ruhe begeben.

»Celia, Darling, das hast du wunderbar gemacht«, sagte Samanta und schaute von dem kleinen, schwarzen Lacktischchen auf, das im Hintergrund des Raumes stand und über und über mit Papierkram bedeckt war. Daneben stapelten sich weiße Kartons in verschiedenen Größen, lagen Bilderrollen, standen Mappen, in denen weniger wertvolle Drucke und Holzschnitte zur Ansicht aufbewahrt wurden.

Samanta ging auf die Wand mit den Fächern zu, um den Eindruck abzuschätzen.. Sie trug den gleichen, langen Rock wie Celia, war ebenso schlank wie sie und hätte mit dem marmorblassen, schmalen Gesicht und den helmartig geschnittenen dunkelblonden Haaren ihre Schwester sein können.
»Wenn Professor Ly Tong kommt, muß er einfach sehen, daß diese Sammlung chinesischer Fächer einmalig ist. Wir geben nicht ein einziges Pfund im Preis nach, hörst du! Wenn er kaufen will, gut. Wenn nicht, werden wir einen anderen Interessenten finden«, sagte sie bestimmt und dachte, während sie an ihren Arbeitstisch zurückging: Hoffentlich finden wir tatsächlich einen anderen Interessenten. Es scheint, als ob in diesen Krisenzeiten immer weniger Leute bereit sind, ihr Geld in orientalische Kunst anzulegen. Damals, als wir auf der Portobello Road anfingen, jeden Samstag an einem Stand billige japanische Holzschnitte für teures Geld zu verkaufen, wurden sie uns geradezu aus der Hand gerissen. Jetzt, in dieser anspruchsvollen Galerie, ist alles viel komplizierter. Ly Tong muß die Fächersammlung einfach nehmen! Ich kann der Bank nicht nochmals einen Kredit abringen. Und die Hypothekenzinsen werden auch fällig. Wenn nur unser Stand auf der Kunstmesse ein Erfolg wird. Wenn wir dort nicht wie eine Bombe einschlagen, gehen wir bankrott. Es ist unsere letzte Chance.
Sie beugte sich über einen Ordner mit Bankauszügen.
»Ich möchte wissen, warum John nicht aus Tokio telegraphiert hat«, sagte sie nach einer Weile klagend zu

ihrer Tochter. »Wir beide können doch nicht wieder die halbe Nacht durch Bilder verpacken und in die Messehalle transportieren. Übermorgen ist die Eröffnung. Glaubst du, ich sollte das taubenblaue Kleid anziehen, das ganz entfernt an einen Kimono erinnert, das mit der Silberstickerei an den Ärmeln, weißt du?« fragte sie dann in verändertem Tonfall.

»Ja, Mami, das würde ich unbedingt anziehen«, erwiderte Celia und kniete vor einer Mappe nieder, aus der sie Tuschzeichnungen auswählte. »Es hat genau die Farbe deiner Augen, und du siehst so zerbrechlich darin aus. Einfach so, als müßte man dir helfen, dich gegen die rauhe Welt zu verteidigen.«

Samanta lachte leise. »Du bist ein Schatz, mein Kind. Genau deshalb werde ich es anziehen.« Sie legte für einen Augenblick die Hand über die Augen, so als wollte sie ihrer Müdigkeit nachgeben. »Ich denke, ich werde Maureens Klavierstunde heute abend ausfallen lassen«, seufzte sie. »Könntest du Maureen und Lena baden und ihnen eine Kleinigkeit zu essen machen? Dann kann ich sofort, wenn ich sie von der Schule geholt habe, in dic Messehalle fahren. Lieber Himmel, Lena hat ja Anfang nächster Woche diese entsetzliche Aufnahmeprüfung zu bestehen. Es bricht mir fast das Herz, wenn ich sie Abend für Abend an ihre Bücher zwingen muß. Ich hoffe nur, die Lehrer werden erkennen, was für ein außerordentliches Kind sie ist. Ich muß versuchen, das Gespräch auf orientalische Kunst zu bringen. Es ist doch erstaunlich, wie sehr sie sich dafür interessiert und mit welcher Sicherheit sie Werke verschiedener Epochen unterscheiden kann, nicht wahr. Sie ist ja noch nicht ganz fünf Jahre alt.«

»Sie sind beide wunderbare Kinder, unsere Kleinen«, sagte Celia. »Sicher wird die Schule Lena aufnehmen. Schließlich ist Maureen dort der Star aller Kinder. Und wegen der Prüfung würde ich mir keine Sorgen machen. Lena ist viel robuster als Maureen. Sie wird nicht nächtelang vor der Prüfung mit Fieber und Schüttelfrost wach liegen. – Ich will damit nicht sagen, daß Lena weniger brillant ist als Maureen«, fügte Celia schnell hinzu, als sie sah, daß sich die Augenbrauen ihrer Mutter fragend hoben. »Beide sind unglaublich begabt, Mami. Frank und ich sind mindestens ebenso stolz auf die beiden Mädchen wie du und Daddy.«

Samanta lächelte versöhnt. Dann fiel ihr plötzlich etwas ein.

»Celia«, rief sie. »Ich glaube, heute ist der Tag, an dem Gela und Jonathan uns besuchen wollten. Mein Gott, ausgerechnet zwei Tage vor der Messe! Welch unglückliches Zusammentreffen! Gela meinte am Telefon, sie wolle uns lieber nicht bei unseren Vorbereitungen stören, aber ich sagte ihr, daß sie alle einfach vorbeikommen müssen, auch wenn wir beide sechzehn Stunden am Tag arbeiten und weder Zeit zum Schlafen noch zum Essen finden.«

»Schade, daß sie gerade diese Woche für ihre Londonreise wählten«, sagte Celia.

»Ja, nicht wahr? Ich habe ihnen im letzten Augenblick telegraphiert, ob sie ihren Flug nicht verschieben könnten. Aber es ging nicht wegen der Schulferien der

Jungen. Ich hätte sie so gerne zu uns nach Hause eingeladen«, fuhr Samanta fort. »Gela wäre von unserem neuen Heim entzückt gewesen. Wir waren in Fragen des Geschmacks und des persönlichen Stils stets einer Meinung.«
»Wirklich?« warf Celia ein. »Ich fand euch immer sehr verschieden.«
»Trotzdem haben wir uns glänzend verstanden«, beharrte Samanta. »Es war Jonathan, mit dem ich nicht soviel anzufangen wußte. Er war so deutsch und gründlich und bestand praktisch nur aus Pflichtbewußtsein und Charakter. Außer Gela schien er überhaupt kein weibliches Wesen in seinem Umkreis zu beachten.« Dabei sah er ziemlich gut aus mit seiner dunklen Brille und den breiten Schultern, dachte sie für sich. Aber er ließ sich einfach nicht aus der Ruhe bringen. Nicht einmal ein ganz kleines bißchen. Es war eigentlich schon fast beleidigend.
Samanta spannte einen Bogen in die Schreibmaschine und versuchte sich auf einen Brief an einen wichtigen Kunden zu konzentrieren. Celia verpackte mit geschickten Fingern Bilder in dicke Lagen von feinem Papier. Es war wieder ganz still in der Galerie. Allmählich wurde der Lichtschimmer auf den Seidentapeten matter.
Gerade als Samanta sich aufrichtete, weil es an der Zeit war, Maureen und Lena von der Schule abzuholen, tauchte Jonathans große Gestalt vor der Eingangstür auf, über der mit goldenen Buchstaben »Gallery for Oriental Art« stand. Er klopfte gegen das Glas, um auf

sich aufmerksam zu machen. Gela versuchte auf Zehenspitzen über seine Schulter zu schauen.
Samanta stieß einen kleinen, hohen Überraschungsschrei aus und lief den Besuchern mit ausgebreiteten Armen bis zur Mitte der Galerie entgegen. »Ich freue mich so«, rief sie und war sich der Tatsache bewußt, daß sie hinreißend aussah.
Nachdem sich alle umarmt und die ersten Begrüßungsformeln ausgetauscht hatten, schien der kleine Raum plötzlich sehr voll zu sein. Während die beiden Brüder hölzern und einsilbig vor Verlegenheit Celias Fragen beantworteten, geleitete Samanta die Besucher an den Wänden entlang und überschüttete sie mit perlenden Wortkaskaden. Ja, sie seien in kürzester Zeit zum wichtigsten Zentrum für Orientalische Kunst in London geworden. Alle großen Museen Europas und Amerikas arbeiteten mit ihnen zusammen, John kehre voraussichtlich zum Beginn der Kunstmesse aus Tokio zurück und werde dann sofort für einen Monat nach Amerika reisen. Er habe einen wunderbaren Instinkt für orientalische Kunst entwickelt, widme seine gesamte Freizeit einschlägiger Fachliteratur und spüre auf seinen Reisen die kostbarsten und seltensten Kunstwerke auf. Frank studiere in Cambridge Philosophie als Jüngster seines Jahrgangs, und Celia sei ihr eine aufopfernde Stütze im rauhen Alltag des Geschäftslebens. Nein, Celia male nicht mehr. Leider, denn sie, Samanta sei immer noch von ihrer genialen Begabung überzeugt. Daß sie selbst kurz vor einem hoffnungsvollen Neubeginn ihrer Karriere als Kon-

zertpianistin gestanden habe, als John seine tiefe Hinneigung zu orientalischer Kunst entdeckte, das habe sie in ihrem letzten Brief geschrieben, nicht wahr?

Gela nickte. Sie erinnerte sich deutlich an diesen Brief und hatte ihn wie alle anderen Briefe aus England ihrer Familie am Frühstückstisch vorgelesen. Der wichtigste Absatz lautete etwa so: »Wir wohnen nun also in unserem neuen Haus, einem Juwel unter seinesgleichen, aber die Kosten für den Unterhalt sind enorm, die Schulden bei Tapezierern, Maurern und Sachverständigen, die uns bei der stilgetreuen Renovierung unterstützten, drücken uns buchstäblich zu Boden. Ich stehe wieder einmal mit dem Rücken zur Wand und weiß nicht, wie ich den drohenden finanziellen Ruin aufhalten soll. Augenblicklich sehe ich nur einen winzigen Hoffnungsschimmer für die Zukunft: Ein väterlicher Freund hat mir überraschenderweise eine Kollektion japanischer Holzschnitte und eine Sammlung chinesischen Porzellans hinterlassen. Leider besitzen die Stücke keinen großen Wert. Aber sie sind hinreichend attraktiv und kommen einem augenblicklichen Modetrend entgegen. Ich habe mich deshalb entschlossen, einen Stand in Portobello Road zu mieten und will versuchen, Bilder wie Porzellan dort zu verkaufen. Wie du siehst, beginnt wieder einmal ein neues Abenteuer in meinem Leben. John ist mir leider keine Hilfe. Er findet die gesamt östliche Hinterlassenschaft scheußlich. Dennoch hoffe ich, ihn für orientalische Kunst und für Kunsthandel im allgemeinen interessieren zu können.

Vielleicht erreichen wir doch noch eines Tages einen sicheren Hafen . . .«

»Gela, Liebste, woran denkst du nur? Ich glaube du hörst mir überhaupt nicht zu«, rief Samanta vorwurfsvoll. »Ich erkläre Jonathan gerade die Unterschiede zwischen chinesischen Wandteppichen des 17. und des 18. Jahrhunderts. Hast du je etwas so wundervoll Harmonisches gesehen?«

Gela betrachtete eine brüchige Papierrolle, über die sich ein häßlicher, vielfüßiger Drache wand.

»Du würdest unser Wohnzimmer und mein Studio nicht wiedererkennen«, sagte Samanta. »Wir haben uns, was die Dekoration der Wände angeht, gänzlich auf fernöstliche Kunst umgestellt. Es wirkt sehr stilvoll und gibt unserem Heim eine ganz eigene Note. Das ist wichtig, wenn man ständig ausländische Kunden und bedeutende Sachverständige bei sich zu Gast hat. Was für ein Jammer, daß ihr nicht mehr in London seid, wenn wir nächsten Monat die Dinnerparty zur Eröffnung unserer neuen Ausstellung geben«, fuhr sie im Ton tiefsten Bedauerns fort. »Es kommen lauter interessante Leute, Künstler, Professoren, Politiker. Unser Haus scheint sich zu einer Art Salon zu entwickeln, zu einem geselligen Treffpunkt mit ganz besonderer Atmosphäre. Jedenfalls hat das neulich der Leiter des französischen Kulturinstituts zu mir gesagt.« Sie hob mit einer entzückend hilflosen Geste die Schultern. »Dabei tue ich wirklich fast nichts dazu. John meint, es sei einfach meine Anwesenheit, die unsere Abende immer so reizvoll verlaufen läßt.«

Dann preßte sie plötzlich erschrocken die Fingerspitzen an die Schläfen. »O Gott, ich plaudere und erzähle und Maureen und Lena warten schon seit einer halben Stunde auf mich. Es tut mir so leid, aber ihr müßt mich entschuldigen. Celia, mein Schatz, vergiß nicht abzuschließen und die Alarmanlage einzustellen. Und nimm die Post mit, wenn du gehst und versuche noch irgendwo eine Kleinigkeit zu essen zu besorgen. Und wenn Professor Ly Tong doch noch kommen sollte, unser Angebot bleibt bei zweitausend Pfund. Wir können es uns nicht leisten, auch nur einen einzigen Penny nachzugeben. Sei klug wie eine Schlange, mein Kind. Er wird in ganz Europa nichts Vollkommeneres finden als diese Fächer. – Ciao, ihr Lieben«, rief sie dann und umarmte und küßte alle innig. »Ist es nicht entsetzlich, daß wir keine Zeit füreinander haben? Wenn wir das nächste Mal nach Deutschland kommen, besuchen wir euch ganz bestimmt.« Sie blieb noch einen Augenblick unter der geöffneten Tür stehen. »Irgendwie scheint unser Leben viel rascher geworden zu sein als früher«, sagte sie halb entschuldigend, halb erstaunt. »Manchmal möchte ich rufen, halt, halt, mir wird schwindlig, laßt mich aussteigen. Aber wer kann schon aus seinem Leben aussteigen, nicht wahr?« Sie warf den Zurückbleibenden ein Handkuß zu und eilte, ohne eine Antwort abzuwarten, davon.

»Donnerwetter, das war eine erstklassige Show«, sagte Jonathan grinsend, als sie alle zusammen in einem der großen, gemütlichen Londoner Taxis saßen. »Ich glaube nicht, daß du mehr als einmal zu Wort gekommen bist. Ob sie sich lange darauf vorbereitet hat?«

»Ach, Jonathan, du hast keine Ahnung«, antwortete Gela. »Du hast Samanta nie wirklich leiden können. Aber ich mag sie. Ich weiß, daß wir Freundinnen hätten werden können. Wir hatten nur einfach nie genug Zeit dazu.«

Das Taxi bog in die Bayswater Road ein, die sich kilometerlang am Hydepark hinzieht.

»Du hast es nicht gemerkt«, sagte Gela, »aber Samanta ist zu Tode erschöpft. Sie ist müde, müde, müde, und sie ist unendlich tapfer. Ich bin sicher, daß sie es ist, die sich mit ungedeckten Schecks, Bankschulden und eiskalten, professionellen Kunsthändlern herumschlägt, daß sie Johns Termine macht und die teuren Tickets für seine interessanten Reisen bucht. Ich bin sicher, daß sie Tag und Nacht davor zittert, John könnte des ganzen schönen, schillernden Gebäudes, das sie für ihn aufgebaut hat, überdrüssig werden und wieder in seine Depressionen und seine Tatenlosigkeit verfallen. Ich wünsche Samanta so sehr, daß sie auf der Messe viele Bilder verkauft. Ich bewundere sie, aber ich habe auch Angst um sie.«

»Du redest, als könntest du durch Menschen hindurchsehen«, sagte Jonathan gutmütig.

»Nicht gerade hindurch, aber ein wenig in sie hinein schon. Das haben Frauen so an sich«, erwiderte Gela lachend. Und dann fügte sie nachdenklich hinzu: »Ich glaube, wir werden Samanta sehr lange nicht mehr sehen. Wir werden uns noch ein paar Briefe schreiben, gewiß, aber die Abstände zwischen ihnen werden länger werden, und eines Tages werden wir beide merken, daß nach dem letzten Brief, der uns erreichte, zu viel Zeit vergangen ist, um ihn noch beantworten zu können.«

Sie lehnte ihren Kopf an Jonathans Schulter. Über die grünen Matten des Hydeparks, die am Taxifenster vorbeiglitten, fielen die ersten Abendschatten.

Sie schloß die Augen und versuchte sich das Haus vorzustellen, wie es damals gewesen war und wie es unzählige Male während der vergangenen zwei Jahre in ihrer Erinnerung aufgetaucht war. Sie dachte an die Menschen, die darin gelebt hatten und fand, daß es andere waren als die, die sie wiedergefunden hatte.

Das Flugzeug ging morgen früh um neun Uhr.

Sie war ein bißchen traurig.